J. B. Cool

Jürgen Alberts

# J.B. Cool revisited

*Krimi DaDa aus der Pandemokratie*

EDITION TEMMEN

Die Deutsche Bibliothek verzeichnet diese Publikation in der Deutschen Nationalbibliografie; detaillierte bibliografische Daten sind im Internet unter www.dnb.de abrufbar.

1. Auflage 2022

Umschlagabbildung: Til Mette, Hamburg.

Besten Dank!


Hohenlohestraße 21 – 28209 Bremen
Tel. 0421-34843-0
info@edition-temmen.de – www.edition-temmen.de

Printed in the EU

ISBN 978-3-8378-1114-8

# 1

Es waren die Zeiten, in denen ein Wort Schockwellen auslöste und kleinste Zahlen Seebeben, als hätte man einen Sturm im Wasserglas millionenfach vergrößert.

„Theo“, rief ich in die Kochkombüse.

Keine Antwort.

Wir konnten die Miete nicht mehr zahlen, nicht mal die Mieterhöhung, weil wir keinen Auftrag hatten. Und das seit fast 18 Monaten.

„Theo!“, etwas bestimmter, fordernder.

Keine Antwort.

War mein Assistent schwerhörig geworden?

„Theo, gehen wir upn Swutsch?“ Das half immer.

Diesmal nicht.

In diesen Zeiten hatten Detektive nichts zu beißen. Wen soll ich in der Hotellobby belauschen, wenn die Hotels geschlossen sind? Wie soll ich nachts um 2 Uhr einem Untreuen auf die Schliche kommen, wenn seit 22 Uhr Ausgangssperre ist? Ich kann ja nicht mal aufs Klo in ein Café gehen. Cafés sind zu. Punkt. Und Restaurants auch.

Theo Zenker kam in meine Butze und brachte mir zwei Stangen Schwarzwurzeln.

„Zu mehr hat das Haushaltsgeld nicht gereicht. Nicht alles auf einmal aufessen!“ Schon war Theo wieder verschwunden.

Kombüse und Butze verfügten über 15 qm. Von Klient*innenbesuchen baten wir abzusehen, weil wir die Abstandsregeln nicht einhalten konnten.

Nur ein klitzekleiner Schnüffelauftrag. Bitte, bitte. Nichts da. Nada. Weit und breit. Kein Kunde nirgends.

In diesen Zeiten, in denen sogar der Geschlechtsverkehr ins Homeoffice verlegt worden war...

Der letzte Kunde - vier Monate her - war von Theo am Telefon verschreckt worden. Mein Assistent hatte sich einen folgenschweren Lapsus Linguae geleistet. „Wen darf ich für Sie begatten?" Die Anruferin hatte sofort aufgelegt und unsere Detektei bei der Sittenpolizei angezeigt. Die Staatsanwaltschaft erhob aber keine Anklage, weil sie vor lauter Lachen nicht ins Gesetzbuch schauen konnte.

Es waren Zeiten, zu denen der Schotte sagt, der letzte Hammel ist geschlachtet worden. Und der Belgier fügt hinzu, Männeken hat ausgepisst. Woraus der Franzose ein Chanson gemacht hat: Rien, rien de rien, rien...

„Da ist eine Kundin!", rief Theo Zenker so laut, dass die Nachbarn aus dem Bett fielen.

„Wo?"

„Vor dem Haus!"

„Seh nix!"

„Schau doch mal aus dem Fenster!"

Ich drehte mich um 180 Grad und tatsächlich...

Da stand sie: raspelkurze, rote Haare, grün schottiges Kostüm, feuerwehrrote Ballerinas - kurz gesagt: die Senatorin für Sorglosigkeit. Wer kennt sie nicht? Die Strohdünne.

„Wir brauchen Ihre Hilfe, Herr Cool.“ Dass sie meinen Nachnamen so aussprach, als stamme ich aus Oggersheim, verzieh ich ihr.

„Wir müssen etwas für die Allgemeinheit... ich meine, es kann nicht so... ganz mies, die Stimmung, ganz mies.“ Der Rest war verheddert.

„Und was soll ich dabei?“

„Wir brauchen jemand, der den Shit testet.“

Ich glaubte, mich verhört zu haben. „Sie meinen d e n Shit!“

„Genau den!“

„Haben Sie ihn dabei?“ Ich wollte schon Theo rufen, den bekanntesten Shit-Tester nördlich der Werra, aber hielt mich zurück.

„Wo denken Sie hin?“

Die Lage war mehr als vertrackt, um nicht zu sagen, drei Züge fuhren mit Hochgeschwindigkeit aufeinander zu und ich wollte in keinem sitzen.

Für den persönlichen Gebrauch sind x Gramm erlaubt und was darüber liegt, verfrachtet den wohlmeinenden Kiffer in einen wohlgeheizten Raum mit Gittern vorm Fenster. (Und jetzt sollte das Kiffen legalisiert werden. High sein, frei sein, die Regierung will dabei sein.)

Das Angebot, das mir die Senatorin machte: Im Rathaus würde ich ein eigenes Büro beziehen, wo ich, auch mit meinem Assistenten, die Proben testen könne.

„Shit?“

„Shit!“

„Wo kommt der her?“

„Wir haben drei Anbieter: aus Frankreich *Jeunesse mon Dior* - aus Schweden *god Jul zynika* - aus Hessen *happy hippy high und weg.*“

Ich hatte von allen drei Stöffchen noch nie gehört, war aber auf jeden Fall höchst interessiert. An dem Fall, wie an der Senatorin.

„Was springt für mich... für uns heraus?“

Diesmal dauerte ihr Nachdenken lange. Sehr lange. Besonders für eine Strohdünne.

Die Summe, die sie nannte, war galaktisch. Überwältigend. Erste Klasse. Wir könnten sofort in ein eigenes Büro im Rathaus ziehen.

Wir stießen mit den Unterarmen gegeneinander, um den Deal abzuschließen.

Die Fragen, die sich mir stellten, waren höher als der Zauberberg. Wieso sollte i c h den Shit testen? Und wozu? Sollte in der Hansestadt mal wieder ein Modell gestartet werden? Uni, Fußball, Chaostage. Oder ging es um ein Präsent für den Ersten Bürger der Stadt, der so zuverlässig im Fernsehen zum Stillhalten in der Pandemokratie aufrief? Auch schon nach der letzten Welle, die sicherlich nicht die letzte war. Oder wollte das Kabinett beim abgesagten Freimarkt mal einen durchziehen und suchte dafür den besten Stoff? Wenn schon nicht geimpft, dann wenigstens beduselt.

In der Wüste lautet ein Wahlspruch: Wer das Kamel reiten kann, ist schon oft abgeworfen worden.

„Du hast einen an der Waffel!“, bekam ich von Theo zu hören, als ich ihm von dem senatorischen Auftrag erzählte.

„Hast du nicht mitgehört?“, fragte ich meinen Assistenten.

„Jedes Wort. Aber der Dame glaube ich keines davon. Shit testen im Rathaus? Nie davon gehört. J.B.! Die wollen dich aus dem Weg räumen und das auch noch unter staatlicher Aufsicht. Wer solche Feinde hat, braucht keine Freunde.“

Das ist die Pandepression, wie sie viele ergreift, wenn sie die Zukunft düsterer sehen als die Vergangenheit.

„Kommst du nun mit?“, fragte ich Theo final.

x - o - x

Mein Büro im Rathaus war größer als gedacht, gemütliche Sitzecken, gute Aussicht durch die Butzenscheiben auf den mächtigen Dom, ein reichhaltiges Büfett mit grünem, rotem und rotrotgrünem Obst und Gemüse.

Wir machten uns gleich an die Arbeit.

Es sollte eine Blindverkostung werden.

Theo Zenker drehte zwei Joints gleichzeitig... Wozu hat der Mensch zwei Hände?

Schon zündete ich mir die erste Tüte an... die kam ... warte mal...! Schmeckte irgendwie nach gewürzter Schuhwichse getrocknet.

Ich ließ Theo probieren.

„Igitt!", er warf den Joint in den Papierkorb. Nicht mal eine halbe Minute später stand der Korb in Flammen. Mit einem Feuerlöscher gingen wir zu werke. In diesem Augenblick wurde die Tür geöffnet.

Es war der Erste Bürger der Stadt, der wohl angelockt von den Düften mal nachschauen wollte, was da in seinem Rat-Haus kokelte.

„Um das gleich mal klarzustellen, alles, was Sie Wachtelmänner hier erfahren, muss ein Geheimnis bleiben!"

„Ich habe Schweigen gelernt", sagte ich kein wenig eingeschüchtert, „schon in der ersten Klasse. Ich habe sogar geschwiegen, als mein Sitznachbar in der Mathestunde manchmal in die Hose gemacht hat."

„Ich werde Sie jetzt vereidigen. Worauf wollen Sie schwören? Auf die Bibel, auf den Koran oder...?"

„Auf das Nirvana", erwiderte ich. „Das hat mir immer schon gefallen."

Die Zeremonie war ziemlich zerzaust, um nicht zu sagen zerrieben wie Parmesan, hauptsächlich, weil Theo einen Kichererbsenanfall bekam, dem Genuss der zu testenden Substanzen geschuldet.

Immer wieder musste der Erste Bürger ansetzen.

Aber eins war klar, nun gab es kein Zurück mehr. Wir waren Vereidigte des Senats, Geheimnisträger von ganz weit oben.

„Ich schicke Ihnen gleich die Senatorin für das dauerhafte Glücksversprechen, damit wir das weitere Procedere erörtern können."

„Aha!“, erwiderte ich.

„Kann ich auch mal ziehen?“, bat der Erste Bürger.

„Immer gerne“, erwiderte ich. Wann kann man mit einem Entscheider auf Dröhnung gehen?

Theo reichte ihm die nächste Charge.

Er schien Erfahrungen mit Hasch zu haben und nicht wie der amerikanische Clinton nur mal kurz gezogen, aber niemals inhaliert. Der Mann kannte die richtige Technik, die ineinander verschränkten Handflächen, den Joint zwischen Zeige- und Mittelfinger eingeklemmt. Und dann volle Lungenkraft voraus.

„Kommt gut“, sagte er. Und ging.

Wir waren ganz schön angeturnt, als der Senatsdiener kam und fragte, was wir zum Dinner haben wollten. Er schnüffelte genüsslich. Wahrscheinlich hätte er selbst gerne...

„Zwei Kilo Schwarzwurzeln mit Schinken und Pellemännern“, platzte ich heraus. Theo orderte ein Biobrötchen mit Gemüsepaste.

Wir waren guter Dinge, um nicht zu sagen, wir flogen hoch. Und wurden seit Wochen mal wieder richtig satt.

Zwei Stunden später stieß die Senatorin für das dauerhafte Glücksversprechen zu uns. Ihrem Leibesumfang zu folge, war sie die Glücklichste unter der Sonne.

„Schön, dass ich Sie lebend antreffe“, begrüßte sie uns und schüttelte die Hände, als hätte es nie einen Virus gegeben. Wenigstens umarmte sie uns nicht wie der frühere Erste Bürger, dem in Sachen Umarmung niemand etwas vormachen konnte.

„Dachten Sie, wir seien tot?“, wollte ich wissen.

„Hätte ja sein können, dass Sie sich davongekifft haben. Auf Staatskosten!“

Die Senatorin sah die angerauchten Joints. Das Produkt aus Hessen *happy hippy high und weg* trug seinen Namen zu Recht, die anderen beiden waren Fake, um nicht zu sagen, Betrugsversuche... Denn es ging um riesige Mengen, größer als die Anschaffung von Mund-Nasen-Enten-Masken.

„Das, was ich Ihnen jetzt mitteile, darf diesen Raum nicht verlassen.“ Ich wusste gar nicht, dass Informationen einen Raum so mir-nichts-dir-nichts verlassen können, aber bitte sehr, wenn es der Senatorin beliebt. Sie erzählte uns den ganzen Plan. Von A nach B und wieder zurück. Holla, die Waldfee, da war was am Köcheln!

Theo hatte sofort angefangen zu rechnen, besser: hochzurechnen, und er kam auf hundert Kilo... und wofür?

Wenn die Notlage zur Dauerhaft wird, haben britische Juristen herausgefunden, dann muss man den schwarzen Schwänen am Tower den Hals umdrehen. Oder kürzer: Nich lange schnacken, Notstand an der Wurzel packen! Oder noch kürzer: 100 Kilo Shit besorgen, für nen schönen Weihnachtsmorgen.

„Und die sollen wir drehen?“, fragte Theo. Handarbeit hatte er seit der Schule nicht mehr gemacht. Schon gar nicht, wenn es um 400.000 Joints ging.

„Keine Sorge, dafür gibt es Maschinen. Wir haben

eine ehemalige Tabakfabrik zur Verfügung. Die steht schon lange leer und ist kurz vor dem Abriss, die können wir nutzen. *Tutto va bene?*"

Wir nickten im Dreivierteltakt.

„Sie müssen die Produktion überwachen. Und jetzt, wo wir wissen, welcher Shit der Beste ist..." Sie unterbrach sich, um selbst mal einen Zug von dem hessischen Wunder-Gold zu nehmen. Sie atmete tief ein, ganz tief, hielt die Spannung in der Lunge, atmete langsam, ganz langsam aus und strahlte noch mehr als die Rosen von Vermeer. Diese satten, vollblutroten Rosen, die nicht im Zuchthaus gezogen worden waren.

„Ich hätte da mal eine Frage?" Theo ernüchtert.

„Bitte, jeder darf e i n e Frage stellen, wir leben ja in einer Pandemokratie."

„Wie kommen die Joints ans Volk?"

„Mit den Masken."

„Aha!", folgerte ich, ohne zu wissen, was ich kapiert hatte.

„Sozusagen maskiert?", ermittelte Theo.

„Schön formuliert, das hebe ich dem Ersten Bürger für die Pressekonferenz am Heiligen Abend auf."

Das war doch meine Idee, die hatte sie schon geklaut. Moppelchen, du böses.

„Das heißt, wir stecken in jeden Umschlag Maske plus... Das soll die Weihnachtsüberraschung werden."

„Und wer soll das eintüten?" Theo ist ein ganz geknif-fener, wenn er einen in der Birne hat.

„Hier kommen Sie ins Spiel."

Mir wurde ganz anders. Da kann ich doch gleich nach Oslebshausen in die JVA und Tüten kleben. Aber ich hielt den Gedanken hinterm Berg.

„Wir?", wollte Theo wissen. „Bis Weihnachten schaffen wir das nicht. Vielleicht bis Ostern... übernächstes Jahr." Seine Antwort klang so verzweifelt wie die des Berliner Bürger-Meiers bei der Ankündigung des Eröffnungsdatums vom BER.

„Für wen oder was halten Sie uns eigentlich? In Logistik hat dieser Senat noch nie versagt..." Die glückliche Senatorin war ein wenig eingeschnappt.

„Das wüsste ich aber!" Theo war bissig wie ein Lama, dem die Zähne ausgeschlagen worden waren.

Ich musste ihn beruhigen. „Jetzt wart es doch mal ab."

„Wenn wir Masken verteilen lassen, können wir auch Joints beilegen, *capisci*?"

Boah, die konnte italienisch. Die vollschlanke Senatorin klatschte in die Hände. Es klang wie der Schlussakkord von Beethovens Siebter.

„Sie sorgen dafür, dass unsere Eintüter die Joints nicht in die eigene Tasche stecken, überwachen das ganze Procedere..." Ich spürte, dass uns der Hessenstoff bereits auf seiner Welle schaukelte.

„Und wo bekommen Sie 100 kg von *happy hippy* her?" Theo konnte das Fragen nicht lassen.

Ich schaute aus dem Fenster.

„Ich sage nur eins: Die Asservatenkammern in der

Hansestadt und umzu sind gefüllt. Wir karren alles heran, buten-un-binnen sozusagen, hier-und-jetzt, haha, ich glaube..."

Die Senatorin für das dauerhafte Glücksversprechen sah mich mit Katzenaugen an, dass mir Hören-und-Sehen-und-Fühlen-und... alle Sinne tanzten Rock'n'Roll.

Plötzlich brach Theo in ein galaktisches Gelächter aus. „J.B., was glaubst du, was in der Stadt los ist, wenn alle unterm Weihnachtsbaum ihren Joint geraucht haben? Das wird... das wird..." Weiter kam mein Assistent nicht, weil er sich auf das nächste Sitzmöbel fallen lassen musste.

In diesem Augenblick verschafften sich bei mir die Schwarzwurzeln Luft. Was aber der vorfreudigen Stimmung keinen Abbruch tat.

*„Oh Cannabis, oh Cannabis, du kannst mir sehr gefallen"*, sangen wir im Kanon, bis die Türen aufgingen und uns das Christkind erschien.

## 2

*Warum hast du mich wiederbelebt?*

*Wie meinst du das?*

*Aus der Kiste geholt, auferstehen lassen. Es war so schön im Limbus.*

*Wo?*

*In der Vorhölle.*

*Ist es da warm?*

*Dort befinden sich Seelen, die ohne eigenes Verschul-*

*den vom Himmel und der ewigen Anschauung Gottes ausgeschlossen sind oder waren. Du wirst nicht glauben, wer da alles rumturnt.*

*Wo?*

*Im Limbus.*

*Darf man da Sport treiben?*

*So viele Jahre war ich verschwunden in den unendlichen Bibliotheken und nun kommst du und ziehst mich wieder ins Licht der Öffentlichkeit.*

*Denk mal an Arno Schmidt.*

*An wen?*

*In seinem Text „Tina/oder über die Unsterblichkeit" schreibt er, dass im Unterirdischen die Schriftsteller weiterleben müssen, so lange sie zitiert werden.*

*Und was hat das mit mir zu tun?*

*In meinem Limbus triffst du Fußballtreter und Gebetsmühlenbesitzer, Maronenverkäuferinnen und Segeltuchfabrikanten aber niemals blutleere, ausgelaugte Schriftsteller. Hast du eigentlich in diesen Zeiten nicht wichtigere Themen?*

*Ein kleiner Wortkampf gefällig. Wie früher.*

*Wie früher. Welches Thema?*

*Wirst schon sehen. Gibt ja nur eins. Stoßlüften.*

*Abstrichkabine.*

*Contact tracking.*

*Distanzschlangen*

*Ellbogengruß.*

*Erwartungsmanagement.*

*Flatten the curve.*
*Fußgruß.*
*Handy-tracking.*
*Impfgipfel.*
*Kontaktpersonenverfolgung.*
*Kassenumhausungen.*
*Novemberhilfen.*
*Schnelltestmaschine.*
*Schwere Verläufe.*
*Spuckschutz.*
*Steigende Fallzahlen.*
.....
*Zoomschulung.*
....
*Du hast gewonnen, chapeau.*

## 3

Drei Tage später erwachten wir aus einem Rausch, der für Peterchens Mondfahrt gereicht hätte. Schon mal was von overdose gehört?

Theo wulackerte in unserem neuen Büro, als ich eintrat. Zwischen spanischen Wänden lugte er hervor. So glücklich wie nie.

Ich schaute auf die Gerätschaften, die auf den Tischen blinkten. Schaumlöffel, Kartoffelstampfer, Fleischklopfer, Schöpflöffel.

„Und was ist das?", fragte ich so vorsichtig wie Meinerzhagen.

„Das ist das sprichwörtliche Nudelholz, das häufiger in Witzen vorkommt."

Es klopfte an der Tür. Leise, zaghaft, so wie Schmetterlinge klopfen.

„Herein", rief ich. Meine Stimme musste sich anhören, wie eine Luftklappe, vor der ein Stein ruhte.

Der Mann, der eintrat, steckte in einem Trenchcoat, zu dem Humphrey Bogart gute Nacht gesagt hätte. Das Gesicht wie eine Reklame für Bleichmittel. Aus den Ohren wuchsen Moose aller Art.

„Ich brauche Hilfe, Mr. Cool!"

„Wer braucht die nicht. Besetzen Sie den nächstbesten Stuhl!"

Der Bleichhans war Schriftsteller. Um Jahre gealtert. Auf der Glatze konnte niemand mehr Locken drehen. Er selbst auch nicht.

„Wo liegt der Stein im Argen?", fragte ich wie ein Baumwolllappen aus Benelux.

„Mein Personal verlässt mich."

„Wie schade!"

„Schlimmer als das. Eine Katastrophe..."

„Tut mir leid! Soll ich zuverlässige Kräfte für Sie finden?" Ich tänzelte mit meinen Vermutungen auf einem Schlappseil.

„Es ist zum Verzweifeln."

Mal wieder einer aus dem Land der Lammerlappen, ganz weit im eisigen Norden, wo die Sonne nur auf Bestellung scheint. Jammerland, eben.

„Haben Sie denn viel Personal? In ihrem Beruf?“ Surprise, surprise. Der Mann hat Stil.

„Sehr viel sogar.“ Even more surprise.

Ein Schriftsteller mit viel Personal. So so. Ich müsste den Mann doch kennen. In meiner sehr überschaubaren Hansestadt. Wie viele reiche Schriftsteller gab es hier? 3 bis 5 bis 7? Aber so abgehalftert wie dieser, abgemagert, abgedroschen wie er war... Bestseller-Top-Autoren aus US haben Villen und viel Personal... aber dieser...ne ne...

Ich wollte schon Theo darum bitten, etwas von unserem Spezialtee aufzugießen, da platzte es dem Bleichhans heraus: „Mein Personal ist fiktiv.“

Wie das? Fiktives Personal? Kann man das von der Steuer absetzen? Müsste ich direkt mal nachfragen. Fiktives Personal? Reine Einbildung! Hätte er wohl gerne. Meine Fragen türmten sich zu einem Babelbau. Auf jeder Etage eine andere Sprache.

„Wären Sie so freundlich, mir ein bisschen konkreter von ihrem fiktiven Personal zu berichten?“

Der Mann zuckte und ruckte und schüttelte sich und seinen Kopf, Bleichhans war am Ende. Da sah sogar ich.

„Es ist das Personal meines neuen Romans.“

Nun wurde es so gespenstig, Kings Kuscheltierfriedhof.

„Die verlassen mich.“

„Was Sie nicht sagen.“

„Machen sich aus dem Staube.“

„Wohin?“

„Immer wenn ich an meinen Schreibtisch komme, sind schon wieder ein, zwei Figuren verschwunden. Wie ausgelöscht. Als hätte es sie nie gegeben."

„Verstehe", sagte ich, obwohl ich null Ahnung hatte, wovon dieser Schriftsteller faselte.

Null Ahnung ist für den Iren ein leeres Glas Guinness, das niemals alle wird. Und für den Schotten ein volles Glas Whisky, das niemals überläuft. Was die gewöhnlichen Säufer in Neid und Unmut bringt.

Bleichhans berichtete er von seinem Missgeschick. Jahrelang habe er ein Buch nach dem anderen herausgeschleudert (genauso hat er es gesagt: er habe die Bücher geworfen, wie Karnickel ihre Nachkommenschaft) und nun stehe er vor einem Desaster, weil ihn seine Personen im Stich lassen würden.

Sollte ich ihm vorschlagen, den Facharzt für Hypochondrie aufzusuchen, übrigens ein guter Freund von mir, aber der Bleichhans hatte plötzlich Sprechdurchfall. Logorrhöe ... oder wie man das nannte.

Der finale Bestseller... ein Meisterwerk von kafkaesken Ausmaßen... Finnegans Wake auf hanseatisch... *Scribbledehobble* von Urvater Joyce ... angelegt auf sechzig Bände... Auf der Suche nach den Verlorenen... Zettels Traum... Ach, immerhin kannte der alleingelassene Hansel meinen Arno Schmidt. Der grüne Raubdruck steht immer noch an prominenter Stelle in meinem Regal. Kostete damals 100 Märker. Auf orangefarbenem Papier gedruckt... (Ach, ich verliere mich schon wieder.)

„Wo sind Sie falsch abgebogen?“, hakte ich ein. Man muss Klienten unterbrechen, sonst wird man Teil ihrer unseligen Verworrenheiten. Schneller als gewünscht.

„Wie meinen Sie das?“

„Ihr Personal muss doch einen Grund haben, Sie zu fliehen...“ (Schöne Formulierung, was?) „Haben Sie ihnen zu wenig bezahlt? Haben Sie ihre Figuren beleidigt? Haben Sie Kopfnüsse verteilt?“ Mir fielen tausend Arten ein, wie man literarisches Personal in die Enge treiben konnte... Es gab doch kaum ein Werk, in dem nicht irgendjemand in missliche Situationen kommt und leidet, leidet, leidet. Die ganze Passionsarie der Literatur. Literatür auf, Literatür zu. Und peng. Es ist diese Leidensmaschinerie.

„Von denen hat keiner einen Grund mich zu fliehen.“ (Ein wahrhaft guter Schriftsteller, der meine Formulierung so-mir-nichts-dir-nichts übernahm.)

„Jetzt mal Butter bei's Gemüse. Was kann ich tun, um ihr Personal zur Rückkehr zu bewegen?“

„Wenn ich das wüsste, dann wäre ich nicht hier, Mr. Cool.“

Ich nannte ihm meinen Tagessatz, den ich angesichts unseres neuen Büros im Rathaus verdreifacht hatte, sowie den exorbitanten Spesensatz und entließ den Mann mit der Ansage, dass ich mich baldmöglichst melden würde.

„Was treiben Sie eigentlich den ganzen lieben Tag, nachdem Ihnen das Personal abhandengekommen ist? Ziemlich einsam, wie?“

„Ich sitze zuhause... und warte auf den Nobelpreis.“

x-o-x

Immer, wenn Theo zu brutzeln begann, ging ich ambulieren, dandolieren, bumbolieren... Runter an den Fluss, an geraden Tagen nach links und an ungeraden...

Es war Freitag, der 13. Huhu, was für ein Datum.

Mir klopfte jemand den Hintern. Ich drehte mich um und blickte in das rotwangige Gesicht eines Mannes, der jede Limbostange unterquert hätte.

„Sagen Sie jetzt nichts", raunte er.

Weder kannte ich den Knirps, noch sein Begehr. Mir einfach so auf den Hintern zu tippen... (was momentan ja sogar illegal verboten ist)

„Was wollen Sie?"

„Ich kann Sie nur warnen. Der Klient, der Sie heute Morgen aufgesucht hat, führt Böses im Schilde."

Abrupt blieb ich stehen. Woher wusste mein Gegenüber von diesem Kunden? Als ob er meine Frage erraten hatte, antwortete er: „Wir lassen ihn beschatten. Der ist zu allem fähig."

„Ein Autor? Ein harmloser Dichterling? Ein bleichsüchtiger Poet?" Mein Erstaunen kannte keine Grenzen.

„Er tut nur so."

„Was?"

„Er spiegelt Ihnen was vor."

„Wie?"

„Er will Sie benutzen."

„So lange er zahlt. Was soll's. Da hatte ich schon ganz

andere vor der Flinte."

„Er wird Sie umbringen. Im Laufe der nächsten sechs Monate."

Gut, dachte ich, dann ist Weihnachten vorbei und Silvester auch.

„Wissen Sie, was *rithöfundarblokk* ist?"

Kopfschütteln meinerseits.

„ Oder *skriveblokade*?"

Mir dämmerte etwas, auf dem anderen Ufer des breiten Flusses.

„Oder *il blocco dello scrittore*?"

"Ich bin ja nicht blöd."

„Dann können Sie sich das den Rest zusammenreimen."

„So ganz ohne Limerick wird das nicht gehen. Und die kosten pro Stück bei mir mindestens eine Flasche Rum." Ein neuerlicher Versuch, um den Winzling abzuschütteln.

*Es gab mal nen Dichter aus Linsen*
*Der konnte kaum mehr als dumm grinsen.*
*Er war voll verrückt*
*Nie war ihm geglückt*
*Die letzte Zeile zu finsen.*

„Dieser Autor spielt mit uns, schreibt was, verwirft es wieder, schreibt wieder was, zack wird es gelöscht. Er hat die Delete-Taste immer griffbereit. Wir werden zack gelöscht. Jeden Tag bringt er einen von uns um die Ecke. Dieser Autor nimmt niemanden von uns ernst, was immer er uns auch andichtet, es ist alles verlogen... das wollen wir uns nicht länger gefallen lassen."

Aufstand des Personals, Revolte des Eingemachten, hängt ihn an den höchsten Baum, die Guillotine glitzert im ersten Sonnenstrahl...

Ich hob meinen Blick über diesen Knirps und hatte eine Vision: Hunderte von Figuren, alle in graues Sackleinen gekleidet, standen am Böschungsrand des breiten Flusses und schüttelten ihre grauen Arme. Nicht ganz im Takt. Aber sehr bewegend. Empathisch. Irgendwie auch verlassen. Und traurig, sehr traurig. Das waren also die Gestalten aus dem neuesten Roman dieses *escribidor,* wie Vargas Llosa so jemanden bezeichnete. Und nicht nur der.

„Jeden Tag erfindet er eine neue Story, warum er nicht mehr in der Lage ist, auch nur einen anständigen Satz zu formulieren. Sagen Sie den Job ab, der ist endlos. Der kann Sie den Kopf kosten. Und dies nur im Vertrauen: der Kerl hat keine Penunzen mehr auf der Kralle. Er schuldet uns schon den ganzen Vorschuss, den er für sein Buch bekommen hat. Vor siebeneinhalb Jahren. Weest bescheed?"

Gerade hatte ich sie noch angesehen und schon waren die grauen Gestalten verschwunden. Und mit ihnen auch das zwergige Gegenunter.

Ich schaute auf den Fluss, der träge vor sich hinfloss. Hatte der sich nicht mal für ein paar Tage zurückgezogen, weil er sich nicht anständig beachtet fühlte und für eine miese Werbeaktion missbraucht werden wollte. Aber das war eine andere Geschichte.

Was ich diesmal erblickte, hätte den Schreiberling

kaum erfreut. Auf einem schnittigen Katamaran sauste der Nobelpreis vorbei. Das ging so schnell, dass mancher Bogenschütze vor Neid erblasste.

## 4

„Raus mit der Sprache. Was treiben Sie hier? Wenn Sie nicht sofort..."

„Das Wort ‚sofort' gibt es in unserem Gewerbe nicht", unterbrach ich den Hünen.

„Sie können sich nicht länger verstecken. Ich weiß genau, wer Sie sind. Wo Sie auftauchen, sind Drogen im Spiel..."

„Haben manchmal sehr geholfen. Erinnern Sie sich noch an den Einsatz bei der Schaffermahlzeit, als der Obere Rathaussaal tanzte, außer Rand und Band oder..."

Der Hüne war vornehmst gekleidet: italienisches Design, sandfarbener Anzug mit rotem Einstecktuch, handgefertigte Schuhe aus Krokoleder, eine Krawatte aus Windsor und Umgebung, an den Mittelfingern goldene Bereifungen... er sah aus wie ein 5*Herzchirurg, war aber der Senator für schlechte Nachrichten, auch Übelmeier genannt. Denn manchmal waren die schlechten Nachrichten so übel...

„Wer hat Sie hier reingelassen?"

„Der Erste Bürger."

„Ach? Und warum weiß ich nichts davon?", fragte Übelmeier.

„Weil Sie in der Lieferkette von schlechten Infos stecken und alle guten Nachrichten von Ihnen ferngehalten werden."

„Ich bin Senator und was sind Sie?" Übelmeier mit geschwellter Brust.

„Ich habe nicht mal Abitur, aber ein munteres Leben."

Ich bot dem Senator eine kleine Probe von *happy hippy high und weg* an. Er steckte sich den Joint hinters Ohr: „Den gönne ich mir zum Feierabend. Wir haben nachher noch Sitzung, da wäre es fehl am Platze, wenn ich bekifft dort erschiene."

Daher wehte der Wind, der fesche Übelmeier wollte in der Runde brillieren. Eine kleine Indiskretion und schon hatte er die Aufmerksamkeit der Kolleg*innen.

x-o-x

„Well done, Mr.Cool". Die Senatorin für das dauerhafte Glücksversprechen kam in mein Büro geschwirrt wie ein Kolibri auf Abwegen. *„You passed the test!"*

Welchen Test? Und welches Geschlecht? Männlein oder Weiblein? Oder ging es um unsere Testate vom Marihuana?

„Sie haben sich prima geschlagen." Die Strohdünne fingerte im Aschenbecher herum. Ich wusste genau, was sie suchte.

„Nehmen Sie den hier." Mein kleiner Zaubertrick, der immer wieder verblüffte. Auch diese Senatorin. Aus der leere Handschale wuchs ein frisches gerolltes Zigarettchen mit Füllung heraus.

Bedenklich wackelte sie mit dem Kopf. „Um diese Uhrzeit? Na gut, überredet." Sie ließ sich von mir Feuer geben. Wir schmökten eine.

„Nun sollten Sie mir aber auch sagen, welchen Test ich bestanden habe."

„Sie bewahren das Weihnachtsgeheimnis. *Better than ever. Splendid.*"

Warum verfiel sie immer nur wieder ins Amerikanskische? Und woher wusste sie, was am Morgen der Senator für schlechte Nachrichten von mir erfahren wollte...

Plötzlich dämmerte es mir. Man musste nur eins und eins zusammenreimen und kam auf die Dritte Versuchung durch den Teufel.

„Hören Sie mich etwa ab?"

Ich hätte diese Frage gar nicht stellen müssen, denn es war doch klitzeklar, dass wir unter Observation standen.

„Das würde ich anders formulieren. *We must be sure that you can keep our little secret.*"

"Wir sind vereidigt! Schon vergessen?"

Mit dem letzten Zug kam sie um den Schreibtisch herum und legte beide Hände auf meine Schultern, als wollte sie mir eine Thai-Massage verpassen.

„Sie sind ein Strolch, das wissen Sie selbst. Wir haben ihre Akten durchforstet und festgestellt, dass Sie eine Menge Unsinn veranlasst haben."

„Und deswegen haben Sie mich engagiert, oder nur weil ich perfekt schweigen kann?"

Höret denjenigen zu, die schweigen. Stammt von einem gewissen GC Lichtenberg. Aber wer kennt den heute noch?

„Wer weiß denn alles von dem Xmas-secret? Wahrscheinlich die gesamte Senatorenclique, oder?"

„Falsch."

„Oder zum Beispiel der Senator für schlechte Nachrichten."

„Der hätte es gerne in Erfahrung gebracht, aber Sie haben ja brillant gemauert."

„Weiß der Erste Bürger Bescheid?"

„Nur so ganz im Groben. Außer uns beiden Senatorinnen, die den Plan ausbaldowert haben, wissen nur noch Sie und ihr reizender Assistent davon. Wir sind das Quartett der Wissenden. Schön formuliert, was? Werde ich dem Ersten Bürger in die Pressekonferenz mitgeben."

Kaum hatte die Senatorin mein Büro verlassen, tauchte Theo hinter den Wänden auf. Mit der japanischen Wunderwaffe.

Klein aber fein.

Effektiv und zuverlässig.

Teuflisch teuer, wenn man sie auf eigene Kosten anschaffen muss.

Es gibt Geräte, die ein moderner Detektiv besitzen muss, um gegen IT und IBM und Amazon und Whatsapp und Abhöranlagen gefeit zu sein.

Theo schaltete die japanische Wunderwaffe ein. „Alte Computerweisheit: Alles, was man einschaltet, kann man auch wieder ausschalten..."

„Man muss nur wissen, wie es geht", ergänzte ich mein Zitat aus früheren Einsätzen.

Wohin Theo auch zielte, die Ampellämpchen: Grün für sauber, gelb für Gefahr, rot für Alarm, leuchteten nicht auf.

Theo sah mich an. Ich sah ihn an, Wir beide schauten auf die Wunderwaffe.

Dann ging die Tür auf.

Es war die Senatorin für Sorglosigkeit. „Ach ja, meine Kollegin hat noch vergessen Ihnen zu sagen, dass wir informiert werden, wenn Sie versuchen, die Anlage zu manipulieren."

„Wir?", stieß ich entrüstet aus. „Wir manipulieren hier gar nichts. Wir sind unschuldiger als das Lamm Gottes."

„Ich kann es auch konkreter sagen. Wenn Sie versuchen, uns aus dem Spiel zu drängeln, dann erfahren wir das. Und dann Gnade Ihnen Gottes Lamm." Sie strahlte mich an. *„Capisci?"*

Geistesanwesend hatte Theo die japanische Wunderwaffe in seiner Hosentasche verschwinden lassen, sonst hätte uns die Senatorin gewiss das Gerät entwendet oder entwenden lassen. In ihren Augen blitzte eigene gewisse Gewaltlüsternheit, wie ich sie schon lange nicht mehr gesehen hatte.

Die Vollschlanke nahm Theo den Joint aus dem Mund und zog tief durch.

„Jo, das kommt gut", sagte sie verschmitzt.

„Halten Sie uns den Senator für schlechte Nachrichten vom Hals! Wenn der noch weiter so drängelt", ich hob beide Schulterblätter, erst die eine Seite, dann die andere. Und wieder zurück.

„Erfinden Sie eine Story, warum Sie hier eingezogen sind, das wird ihnen doch nicht schwerfallen. Wofür werden Sie denn sonst gelobt?"

„Für meine unkonventionellen Lösungen."

„Eben."

# 5

Ich hätte es wissen müssen, verdammt, was bin ich für ein blinder Detektiv, jeder andere hätte es sofort geschnallt, nur ich nicht, dabei war doch auf den ersten Blick klar, was hier Sache ist, aber nein, aber nein, ich schaue in die Luft wie ein Delphin in Atemnot, wenn wenigstens Theo mir einen Hinweis gegeben hätte, aber der brutzelte einen Wels in der Pfanne und pfiff vor sich hin, das Lied von der Ilsebill, während ich... ach was, da kommt jemand in mein Büro geschossen, Tür auf, durch den ganzen Raum, und gleich wieder zur Tür raus, ich kann das Wort kaum aussprechen... ein Quer was??... der so tat, als würden die Verbote für ihn null und nichtig sein... jeder weiß, das Querstehen in geschlossenen Räumen nicht erst seit den Pandemie-Regeln verboten ist, verdammt... und ich, wie ein tumber Tor, gebiete ihm keinen Einhalt...

„Theo", rief ich in die Kochkombüse, „Theo, war das

ein bemannter UFO?"

„Nein, J.B., das war einer von diesen Querstehern, die sagen, es habe nie eine aufrechte Infektion gegeben, sondern nur *um gripinho*, wie der Bolsonaro Bolzenschneider behauptete, die könne jeder kriegen und wer dran stirbt, hat eben Pech gehabt."

Kaum hatte Theo mich ins Bild gesetzt, besser als das Kamasutra, schoss der Typ schon wieder vorbei. Schnell rein, schnell raus. Ich versuchte, ihn zu stoppen, warf ihm einen Bürolocher hinterher, aber verfehlte das Ziel um Glatzenbreite.

„Hast du eine Ahnung, was der Arsch will?", fragte ich.

„Der will deine Aufmerksamkeit oder dich plattmachen. Tolle Alternative, findest du nicht? Vielleicht will dich aber auch nur für seine Bewegung engagieren, weil du ja jetzt ganz oben im Staate B. angekommen bist."

Manchmal hatte mein Theo die richtige Nase und die war besser als die von Cyrano. ‚Wie mache ich auf mich aufmerksam', mein einziger Bestseller, der allerdings nie das Licht des Marktes erblickte. Weil ich das Manuskript von 500 Seiten von der Brücke warf. Tschüss und ab dafür.

„Theo", rief ich. „Da kommt er schon wieder."

Zenker nahm Aufstellung, direkt hinter der Tür und betätigte seine größte Bratpfanne, Marke Nebukadnezar, und mit einem gezielten Schlag streckte er den Querste-her zu Boden.

Peng, da lag er nun. Tat mir einen Moment leid. Aber sobald er den Mund aufmachte, musste ich Theo Recht geben. Manchmal braucht es einen Schlag mit der Pfanne, soll ja das Denkvermögen fördern.

„Was rennen Sie hier rum wie ein Sperma auf Abwegen?"

„Ich querstehe!"

„Verstehe!"

„Querstehe!

„Queer?"

„Quer!"

„Und das in meinen Gefilden?"

„Das ist ein Versehen. Ich wollte eigentlich beim Ersten Bürger..."

„Ach ne, wie kommen Sie zu der Ehre? Soll ich Ihnen auf die Beine helfen?"

Der Quersteher verdrehte seinen Kopf um 180 Grad und schielte nach oben.

Der Mann rieb sich die Birne: „Sie sind doch dieser Kiffer-Detektiv, oder?"

„Und wer sind Sie?"

Diese Frage muss man stellen, obwohl ein bayrischer MP sie für alle Zeiten missbraucht hat. Er sprach wie jener Bajuware, sofort im Pluralis der Majestäten.

„Wir stehen quer, weil wir wissen, dass es keine Schwerkraft gibt, sondern das ist alles Einbildung. Wir leben in einer physikalischen Diktatur, nur dass es die meisten nicht mehr wahrhaben wollen."

Aber du Hampelmann hast die Erkenntnis vom Baum der Schlange. Genauso siehst du aus. Besser wäre gewesen, wenn Eva dich abgetrieben hätte.

Trotzig sagte ich: „Wir stehen auf dem Boden, auf zwei Beinen, was evolutionär eine Errungenschaft ist.".

„Sie sind genauso verblendet. Wie die schwachsinnige Mehrheit. Sie machen brav alles mit, was Ihnen vorgekaut wird."

„Und verdaut!"

„Woher haben Sie nur ihre Weisheiten?"

„Quersteher sind leicht auszurechnen. Stehen schon in der Bibel bei Markus, wenn sie nicht im Wüstenwind baumeln."

„Helfen Sie mir endlich hoch", kommandierte er, schneidiger Unterton, als hätte er irgendetwas zu befehlen.

„Ich denke ja gar nicht dran. Erst sagen Sie mir, für wen Sie arbeiten?"

Da quälte er sich und wand sich um sich selbst, die Chemo-Trails, das Blut der Kleinstkinder, die unterirdischen Folterkeller, die Schauspieler, die Alarm gegen das Impfen machten, dann die Aluhüte, speziell dieser Gates, dann die Rechtsausleger, die vor allem die Obrigkeit zu Fall bringen wollten. Er zählte die ganze Mischpoke auf, um am Ende meine Frage nicht zu beantworten.

„Für wen arbeiten Sie?" Ich trat ihm kurzfristig in die Weichteile. Das hilft bei den meisten Männern.

„Für das Landesamt!"

„Das Landesamt für Kleingedrucktes?"

„Nein."

„Für die Unterwasserbeleuchtung?"

„Nein, für den Verfassungsschutz."

Theo holte zum nächsten Schlag mit der Bratpfanne aus. Ich konnte ihn gerade noch stoppen.

„Ach, ein V-Mann. Wie praktisch. Mit Unterwanderstiefeln. Und gleichzeitig Quersteher. Apart, apart, muss ich schon sagen." Was ich nicht sagte war: Der Mann ist ein U-Boot. Der unterfährt die Querschiffer und kassiert vom Staat schmutzige Silberlinge dafür. Warum hat der Mensch zwei Hände? Zum Abgreifen von Boni und Bonitäten.

„Sie haben sich nicht in der Tür geirrt" Ich reichte ihm die Hand. Er griff danach, ich zog ihn hoch, um ihn dann gleich wieder fallenzulassen.

„Tut das weh?", fragte ich.

„Und wie!"

„Ich dachte, Sie halten nichts von der Schwerkraft. Wir könnten einen weiteren Versuch machen, von der Rathausspitze auf den Marktplatz. Wie klingt das?"

„Mr. Cool..."

„Na bravo, Sie kennen ja sogar meinen Namen."

„Wer kennt den nicht", jaulte der Mann und fasste sich ans Steißbein, auf dem er so unsanft wie Offenbach gelandet war.

„Keine Komplimente. - Machen wir einen Deal: Sie sagen mir, was Sie vom Ersten Bürger wollen und ich lasse Sie laufen. Sonst..."

„Sonst, was?"

„Sonst werde ich Sie enttarnen. Und das tut wirklich

weh. Denn die Quersteher sind nicht dafür bekannt zimperlich zu sein." Ich malte ihm aus, wie er geteert und gefedert über den Marktplatz getrieben werden würde, mit Pech und Unglück übergossen und am Ende einen Kopf kürzer im Wallgraben landen würde.

Aber es half nichts. Er gab keine weitere Auskunft.

„Schafft ihn mir aus den Augen", zitierte ich den am meisten benutzten Satz aus Mafia-Filmen. Brando, Pacino, De Niro, alle hatten ihn benutzt.

Kaum hatte ich den Satz gesagt, kamen die Rettungssanitäter von 24/7 - also hörte man uns ab, klarowitch, wollten erfahren, was in unserem Büro vor sich ging - und rollten den Quersteher zackzack rollroll in einen Teppich ein und warfen das Paket aus dem Fenster. Der fliegende Teppich mal ganz neu interpretiert. Hätte von James Joyce oder meinem Gottvater Arno Schmidt sein können.

Es gibt Tage, da reicht eine kleine Stecknadel und jeder Ballon platzt. Ohne gestochen zu werden.

## 6

*Jetzt will ich es wissen. Sag schon.*

*Wir brauchen dich, J.B. Besondere Zeiten, verstehst du doch, oder? Stell dich nicht so an.*

*Und dafür soll ich meinen Limbus verlassen? Nicht mal abgedankte Päpste machen so was. Alles kein Grund, mich wiederzubeleben. Was ist? Butter bei's Gemüse, sagst du doch immer.*

*Dann sag ich es mal andersrum: wir brauchen dich, weil du Fälle gelöst hast, die unlösbar waren. Ich könnte da ein paar Beispiele nennen. Vielleicht nur eins: du hast WERDER gerettet mit diesem sensationellen 16 zu 2 gegen die Chemiemannschaft. War das nichts?*

*Und warum gerade jetzt?*

*Wir leben in Zeiten, in denen ein Wort Schockwellen auslösen konnte und kleinste Zahlen Seebeben, als hätte man einen Sturm im Wasserglas millionenfach vergrößert. Da braucht es Köpfe wie dich. Dringend.*

*D'accord, meint der Franzose, will sagen: der Camembert ist reif. Allons enfants de la Pandemie, le jour de gloire est arrivé! Wie es der ehrenwerte Monsieur de Lisle gedichtet hätte.*

## 7

„Mayday. Mayday", rief die Senatorin für Sorglosigkeit und versperrte die schwere Holztür, die unser Büro von den Zimmern der Macht trennte. Der gewaltige Schlüssel wurde fünfmal umgedreht.

„Mayday, Mayday", rief die Senatorin für das dauerhafte Glücksversprechen und zog ihre japanische Wunderwaffe aus der Rockfalte. (Ach ne, die hatte also auch so ein Gerät. Der Unterschied zu unserem: ihres funktionierte.)

Mayday, Mayday. Der Untergang der Titanic war nochmal wann? Im April, wenn ich mich nicht irre.

Die beiden Frauen, in superschwarz gekleidet, die eine

vollschlank mit Rüschenbolero, die andere strohdünn mit doppeltem Trauerflor. Beide in Panik. Das spürte sogar Theo, der sich blitzeschnell verpieselte. Ob er was für die Besserung der Stimmung der schwarzen Krähen präparierte?

Mayday, Mayday, die beiden konnten sich nicht einkriegen. Waren sie von ihren männlichen Senatskollegen untergepflügt worden? War ihr genialer Plan aufgeflogen? Wollte der Erste Bürger sie loswerden, weil sie ihm zu viel Sonnenlicht wegnahmen. Die einen stehen im Schatten und die anderen sieht man nicht - das Rennen um Aufmerksamkeit, das nie jemand auf immer gewinnen kann. Mayday, Mayday.

Ich hatte in der Nacht nicht besonders gut geschlafen, weil mir so recht keine Lösungen für diverse Probleme einfielen.

Aber das war alles nichts gegen die Probleme, von denen ich in den nächsten Minuten zu hören bekam. Was mich besonders hart traf: wahrscheinlich mussten wir bald wieder unser Büro im Rathaus räumen, wenn nicht... Ja, wenn nicht... Nein, doch nicht ... was dräute denn da?

Ich kann Multitasking, speziell wenn Theo die Laufarbeit macht und ich mehr so das Gedankliche, aber die Probleme prasselten auf uns ein wie der Regen von Cherbourg. Gab es nirgendwo einen Unterstand? Und wenn auch nur ein temporäres Versteck für unbrauchbare Ideen, halbgares Gemüse oder angebrannte Exkurse...

„Macht es Ihnen etwas aus, mich nicht nur in Angst

und Erschrecken zu versetzen, sondern den Schleier der Katastrophe ein wenig zu lüpfen? Könnte ja sein, dass wir Ihnen helfen können."

Sie schüttelten den Kopf wie es der Wiedehopf besser nicht hinbekommen hätte. Im Duett.

„Wir kommen nicht an die Ware!!", sagte die Vollschlanke.

„Wir haben alles probiert!", ergänzte die Strohdünne: „Alle Türen versperrt!! Da muss ein Ukas von ganz ganz oben her, um da auch nur ein Schrittchen weiter zu kommen!!!"

Ich stutzte. 1mal, 2mal, 3mal... hatte man mir nicht zugesagt, dass die Asservatenkammern von buten-un-binnen randvoll wären und wir uns nur bedienen müssten?

So sind sie die öffentlichen Versprecher. Erst soll es Mais im Mai geben und dann wird daraus Stroh im September. Wenn zwei Schwarzgekleidete in deinem Büro paniken... *Don't panic, please don't panic.*

„Shit gibt es überall! Da würde ich jetzt noch nicht die Wasserpfeifen entsorgen. Wenn nicht dort, dann eben woanders", versuchte ich die Senatorinnen zu beruhigen.

Die Vollschlanke ätzte: „Wenn wir da nicht bald einen Knopf dran machen, dann müssen wir Sie - so leid es uns tut - wieder entlassen." Hatten die beiden Füße eiskalt? Ein Dauerphänomen. Zu weit vorgewagt, abgestürzt, peng. Oder wie der Schotte sagt... das hatten wir schon.

„Um Buddhas willen alles, bloß nicht das", rief ich aus. Selbst ein bisschen in Panik. So schnell fiel mir kein

Procedere ein, um an 100 Kilo Shit zu kommen. Und wenn es die minderwertige Ware aus Frankreich sein sollte. Aber die grüne Grenze zu Holland, die Schiffsladungen aus Südamerika, aber aber aber... Die beiden konnten mich so schnell nicht vom Sofa schubsen. Ich legte die Füße auf meinen Schreibtisch.

Ich erfand in Windeseile einen Fall, der so komplex war, dass weder die beiden Frauen noch ich selbst aus dem Labyrinth wieder herausfinden würden. Immerhin: Sie waren höchstlich beeindruckt. Um nur ein paar Eckpunkte von meinem Blitz-Ein-Fall festzuhalten: Es beginnt alles mit gefälschtem Puddingpulver, das ein französischer Knastologe in die Benelux-Staaten schmuggeln wollte, was ein polnischer LKW-Fahrer zu verhindern suchte, um möglichst viel Kohle gegen pures Gold am Grenzübergang Slut-Up einzutauschen, was zur Folge hatte, dass zwei Schweizer Hüttenhunde sich als Berglöwen verkleideten und in Davos die Royal Family dergestalt erschreckten, dass die ganze Region unter künstlichem Schnee versank... Adé Après Ski...

(Wenn Sie nicht ganz folgen konnten, lesen Sie die Passage nochmal ganz langsam von vorne. Ich habe vier Anläufe gebraucht, bis ich von der Sprungschanze abheben konnte.)

„Das wäre nur eine Idee...", entfuhr es mir.

„Von tausend anderen Ideen", setzte Theo Zenker meinen Höhenflug fort.

Ideen sind Schutzanzüge für Konfirmanden, sagt der

Evangele, und der Hindu ergänzt: Im nächsten Leben geht dir alles aus, aber nicht die Ideen. *Una idea al giorno*, hat mal der italienische Karikaturist Forrattini sein Produktions- Tagesziel benannt.

„Wir brauchen einen wasserdichten Plan bis nächste Woche...", flennte die Strohdünne.

„So schnell wird das nicht gehen", unterbrach ich sie abrupt. „Erstens haben wir noch Monate Zeit bis zur Aktion, zweitens wollen wir ja nicht rumstümpern wie *avanti dilettante* und drittens ist unser Quartett der Wissenden (gute Formulierung, Frau Senatorin, die wollten Sie sich aufheben für den Ersten Bürger in der PK am Weihnachtsabend, nicht wahr?) in der Lage, futuristische Ideen in die Tat umzusetzen."

Ich hatte meinen Klientinnen noch gar nichts angeboten. Als ich ihnen frisch gerollte *reefers* reichte, lehnten sie beide ab. Sie wären schon mal aufgefallen, weil sie angedüdelt in der Senatssitzung herumgetänzelt waren. Die meisten hätten ihnen applaudiert, aber dieser Senator für die schlechten Nachrichten...

„Hat der uns vielleicht den rechten Quersteher-V-Mann geschickt?" fragte ich in die Runde.

„Schon möglich", antwortete die Strohdünne.

„Wäre ihm zuzutrauen", ergänzte die Vollschlanke. „Der hat uns seit Jahren auf dem Kieker."

„Der Kerl war mehr so ein Querflieger." Das kam von Theo.

Auf einem großen Silbertablett brachte er Köstlichkeiten aus allen Erdteilen herbei: asiatisch-afrikanisch-kubanische Häppchen, die so lecker aussahen, dass jeder sofort zulangte.

Eine Weile schaute Theo dem munteren Treiben zu - meine Mutter nannte das immer: gefräßige Stille - um dann zu sagen, dass manche der *Petits Fours* gefüllt seien.

„Wie gefüllt?“, fragte die Strohdünne.

„Mit was gefüllt?“, wollte die Vollschlanke wissen.

„Na ja, so wie Weihnachtsplätzchen... mit einem Schuss THC. Sozusagen als Vorschuss.“

Die Senatorinnen schauten sich an und fingen auch schon zu kichern.

Und das hörte mehrere Stunden nicht auf. *A battle of giggles.*

„Ich glaub‘, Theo hat sich in der Dosis vertan“, zitierte ich einen meiner längst eingeschlafenen Sprüche.

Der Strohdünnen musste ich behilflich sein, den gewaltigen Türschlüssel zu drehen, 1mal, 2mal, 3mal, 4mal - immer noch nicht genug, also 5mal und dann konnte ich die Senatorinnen hinausbegleiten.

Ich schaute mich erst auf dem langen Marmorflur um. Niemand zu sehen. Dann gab ich das Signal: Die Luft ist rein.

Schon huschten, nein sie glitten, ach was, sie flogen von dannen. Es war mir gelungen, der Vollschlanken das japanische Wundergerät unbemerkt zu entwenden und ihr dafür unser unbrauchbares in die Handtasche zu stecken. Es ist immer besser, Geräte zur Verfügung zu haben, die ihren

Dienst tun und ihn nicht wie unseres einfach verweigern.

„100 Kilo Shit“, sagte Theo kleinlaut wie das Binger Loch, „hast du schon einen Plan, J.B.?“

„Wir überfallen einen Transporter.“

„Und fahren dann wohin?“

„Nein, in dem Transporter lagert die Ware, die wir beschaffen müssen.“

„Woher beziehst du deine Weisheit?“

„Aus dem Orient. Da kommen alle guten Dinge her. Falls es dir entgangen sein sollte, erst neulich wurde ein Transporter auf der A2 gestoppt mit 500 Kilo besten Marihuanas.“ (Einer der schönsten Genitive der Drogensprache - was meinen Sie?)

„Dann bleibt ja nur noch ein Problem.“

Ich war gespannt, wie weit Theo mitgedacht hatte. „Und das wäre?“

„Woher wissen wir, in welchem Transporter, der wann auf welcher Autobahn mit welchem Shit um welche Uhrzeit unterwegs ist und der, bevor ihn die Polizei aufspürt, auf uns gewartet hätte...“

Ich klatschte Beifall. Und zwar mit beiden Händen. „Der Mensch macht einen Plan und dieser Plan ist Mist, dann macht er einen zweiten Plan...“

Theo stimmte. Wir sangen den ganzen Song zwei- bis dreistimmig.

„Es muss doch eine Möglichkeit, in diese Asservatenkammern zu kommen und das Zeug abzuschleppen“, sagte Theo, „da sind wir doch schon in ganz andere Kammern eingestiegen."

„Wir müssen den perfekten Plan nicht heute schon haben, Berlin ist auch nicht an einem Tag erbaut worden, auch wenn es an manchen Ecken so aussieht."

Ich schaute aus den Butzenscheiben auf den Marktplatz. Es wäre wunderwunderschade, wenn wir dieses angenehme Büro wieder verlassen müssten. Ich hatte ja unsere schäbige letzte Behausung schon gekündigt. Das Sperrmüll-Mobiliar und anderen Plunder hatten wir schlichteweg zurückgelassen. Ohne Aufpreis.

Wir bastelten die ganze Nacht an 101 Plänen, erfreuten uns an den Einfällen, verwarfen Gedankenblitze schneller als Mach 2, türmten Ideen aufeinander, bis sie einstürzten wie die Holz-Konstruktion von Alexis Sorbas und tanzten uns eins. Immer in der Gewissheit, dass es kein Problem gab, das wir nicht lösen könnten. Schiefgehen war keine Option.

## 8

„Neid."

„Vorname?"

„Nur Neid."

„Vorname: Nur."

„Nein."

„Vorname: Nein."

„Neid. Nur Neid."

„Dann nenne ich Sie Nur, wie dieser ägyptische König

oder...?

„Die heißt Nut und ist eine Göttin, die am Abend die Sonne verschluckt und Sterne an den Himmel wirft. Ich hingegen heiße Neid. Das ist mein *nome de guerre.*“

Oho, da war mir etwas Gebildetes ins Büro geschneit. Wer einen *nome de guerre* hat, der ist nicht unbedingt an Friedenspfeifen interessiert. Wo Theo sich wohl wieder versteckte...

„Wie kommen Sie eigentlich mit so einem Namen auf diese Etage der Macht?“, wollte ich wissen.

„Ich gehöre hierher.“

„Weil Sie ein Neider sind? Oder ein Nörgler, Niedermacher, Neidhammel.“

„Nein.“

„Also Sie heißen mit Namen Nein.“

„Ich bin der Senator für Unbotmäßigkeiten.“

„Das passt“, sagte ich. Der Mann war mir augenblicklich sympathisch. Der Senator für Unbotmäßigkeiten, na bravo. Der Posten hätte auch mein Gefallen gefunden. „Erzählen Sie, wie sind Sie zu diesem Job gekommen.“

Jetzt muss ich erst mal beschreiben, wie dieses Gegenüber ausschaute. Er hatte etwas von einem griechischen Fischer, der im Sommer immer von Insel zu Insel schwimmt und Schwämme vom Meeresgrund heraufholt. Ein bisschen Türkenblut tobte auch in seinen Adern. *On top:* diese wasserhelltürkisglitzernden Augen führten einen ins Paradies. Sagte ich schon, dass er verdammte Ähnlichkeit mit Anthony Quinn hatte.

„Wir haben alle einen *nome de guerre.*“

„Wer?“

„Wir.“

„Und wer ist wir?“

Es gibt Klienten, die so lange ins Stottern geraten bis nach Langenhagen kommen, um dort für immer abzustürzen. Oder war es Langenhahn? Egal.

„Jeder in der Senatsrunde vertritt eine Todsünde.“

Pah, nun war es raus. Und dieser Mann vertrat die *invidia*. Ich hätte ihn mir mit einem kaisergelben Gesicht vorgestellt, aber er war braungebrannt wie jeder Tauchergrieche.

„Wer ist die *acedia*, die Trägheit?“

„Die kennen Sie schon. Das ist die Senatorin für das dauerhafte Glücksversprechen.“

„Und die *luxuria*, die Wollust?“

„Die Senatorin für Sorglosigkeiten.“

Jetzt wagte ich einen Blindschuss. „Dann ist der Senator für die schlechten Nachrichten der Hochmut, die *saligia.*“

„Treffer“, sagte der Fischer und zog seine Netze ein. Wer die *avaritia*, die *ira* und die *gula* repräsentierte, wollte mir der Mann nicht verraten. „Das finden Sie schon im Laufe der Zeit selbst heraus, Sie Weisenheimer.“

„Dann kommen wir mal zum wichtigsten Teil: Was ist ihr Begehr? Oder sind Sie nur hereingeschneit, um mal einen durchzuziehen? Scheint sich ja herumgesprochen zu haben, dass es bei J.B. Cool und seinem Assistenten immer was zu naschen gibt."

Der Sonnenverbrannte spitzte die Lippen. Blies die Backen auf und entließ die Luft in einem Strom, der die Akropolis ins Mittelmeer gepustet hätte.

„Ich wollte Ihnen nur meine Aufwartung machen."

„So, so. Aufwartung! Dahinten stehen Besen und Kehrschaufel, dann können Sie gleich mal anfangen. Theo ist nicht da und ich habe noch nie etwas geputzt außer meiner Nase."

„Ich meinte Aufwartung mehr im spirituellen Sinne", unterbrach ich meinen Besucher.

„Neidhammel sein, aber nix dafür tun."

Bei dieser Senatorenrunde würde ich gerne mal Mäuschen spielen. Wenn die Herr- und Damenschaften sich über ihre Sekundärlaster und Untugenden austauschten. Speziell der Vertreter des Zorns hätte mich interessiert. Je länger die Pandemie dauerte, desto zorniger musste er geworden sein, bis er eines Tages platzt und als roter Schmutzfleck an den Wänden der Hansestadt klebt.

Theo servierte Vanillepudding mit frischen Kirschen und Schokostreuseln. Da konnte ich auch - trotz enormen Coronaspeckgürtel - nicht nein sagen. Wir schluckerten und schlackerten und schmatzten und schmitzten.

„Und jetzt auch noch dieser Impfneid!", schimpfte der Senator für Unbotmäßigkeiten, „Neid auf einen fetten SUV, Neid auf ein protziges Eigenheim, Neid auf sündteure Urlaube, kann ich alles verstehen. Sozialneid rauf und runter. Geschenkt. Neid auf phänomenale Karrieren.

Neid auf medienwirksame Abstürze. Von mir aus. Wir sind ein Volk von Neidern und Beutelschneidern, aber Impfneid... Mr. Cool, Sie müssen uns helfen. Wie bekommen wir diesen Neidfaktor Nr. 10 wieder aus der Bevölkerung?"

„Ich bin selbst neidisch", erwiderte ich vorsichtig wie Offenbach-Ost.

„Und worauf?"

„Auf diesen Hund an der Pforte."

„Den Pförtner?"

„Nein, den Hund an seiner Seite. Diesen Ur-Ur-Ur-Enkel vom Cerberus. Der mit den drei Köpfen."

„Der bellt nicht mal."

„Ja, ja, aber dafür beißt er. Er soll ja sogar schonmal einen Vegetarier verspeist haben."

„Das sind Fake-News! Um unser Rathaus in Schieflage zu bringen. Die Nichtwähler glauben doch alles, was in ihr schwarzschwarzes Mosaik passt. Ein Hund, der einen Vegetarier verspeist. Was denn noch? Hunde wissen, was gut schmeckt. Bei denen geht Gemüse niemals als Fleisch durch."

Beeindruckend dieser Neid-Senator. Ich müsste ihn mal auf die zehn schönsten Unbotmäßigkeiten aus seinem Ressort ansprechen.

Theo kam herein und brachte schlechte Nachrichten. Direkt aus dem Büro des gleichnamigen Senators.

„Der Erste Bürger ist entführt worden!" Theo legte den rechten Zeigefinger an die Lippen: „Das soll unbedingt geheim bleiben."

Mit einem Mal sprang *invidia* auf und rannte davon. Ohne auch nur einen kleinen Neigungsgrad zu haben. Schon gar keinen schiefen Winkel.

„Theo, w a s ist los?"

Mein Assistent war ein bisschen verlegen. „Ich habe es gerade auf dem Flurfunk erfahren. Der Erste Bürger sei entführt worden. Krisensitzung, Alarmstufe dunkelrot, MayDay."

„Nicht schon wieder."

„Isser nun oder isser nicht? Theo, Butter bei's Gemüse."

„Ich kann mir jeden Reim drauf machen, auch, dass er wirklich entführt worden ist."

„Was nützt der Reim", zitierte ich den besten Einzeiler-Dichter, dem stets das letzte Reimwort ausgegangen war.

Ich betätigte die japanische Wunderwaffe, die wir der Senatorin gemopst hatten, und siehe da:

(Hier folgt nun eine technische Beschreibung, wie die japanische Wunderwaffe, die zum Ein- und Ausschalten von Abhöreinrichtungen entwickelt wurde, als Gerät zum Abhören ebendieser Anlagen genutzt werden kann. Da ich die technischen Details nicht verstehe, lasse ich die Beschreibung lieber weg.)

Die 7 Todsünden saßen in der Güldenkammer, dem teuersten Raum im Rathaus, der von Heinrich Vogeler als Prachtzimmer ausgestaltet wurde. Damals wurde in der Hansestadt noch Gold und Geld gescheffelt.

Das Erstaunen der Tafelrunde war höher als der Montblanc. Manche von ihnen so bleich wie türkischer Schafskäse, auch der Griechenfischer. Die beiden uns bekannten Senatorinnen hingegen eher amüsiert ob des kriminellen Geschehens. Waren sie scharf auf den Posten des Ersten Bürgers? Wir hätten zu gerne gewusst, wer die Völlerei, den Zorn und die Habgier repräsentierte, aber so sehr wir auch knobelten, wir kamen der Lösung nicht näher.

Die *luxuria* bat um das Wort. Der Hochmut erteilte es ihr. Sie sagte, die Lage sei äußerst prekär. So eine Nachricht könne die Bevölkerung, die eine Vorschädigung durch die Pandemie habe, vollends aus dem Gleis werfen.

Alle nickten Zustimmung.

Die *acedia* schloss sich an und sagte, die Lage sei äußerst prekär, speziell für die über 70jährigen, die schon seit Monaten in ihren Behausungen darauf warteten, endlich wieder Besuch zu bekommen.

Der Hochmut setzte sich selbst auf die Rednerliste, auf der immer nur sein Name stand. Die Lage sei äußerst prekär, es klang ein bisschen so, als habe er gesagt prekör, was immer das bedeuten konnte. Die Lage sei sogar hochexplosiv, wenn die Medien Wind von dieser Entführung bekämen...

Ein uns namentlich nicht bekannter Senator unterbrach den Hochmut barsch und sagte, die Lage sei äußerst prekär. Es müssten sofortige Sofortmaßnahmen ergriffen werden. Und zwar plötzlich. Das musste der Senator *ira*, der Zorn, sein. Wie wohl seine Behörde hieß?

Die *avaritia*, *vulgo* die Habgier, zu Deutsch: der Senator für Finanzen und Steuerhinterziehung stellte sich mit

Pseudonym und Titel vor und sagte, die Lage sei äußerst prekär, man müsse daran denken, die Reichensteuer zu senken und den pandemischen Soli einzuführen. „Hat nicht unser HErr gesagt: gebt denen, die schon was haben, und nehmt es denen weg, die es gebrauchen könnten."

Trägheit und Wollust stöhnten auf. Habgier und Neid machten dicke Backen.

Der Hochmut gab einer weiteren Senatorin das Wort: Die Lage erfordere Völlerei aller Orten, aha, nun konnten wir wieder jemand zuordnen, wir wussten nur noch nicht, wie das Ressort der *gula* hieß.

Die Tür ging auf.

Wie von Geisterhand.

Der Erste Bürger betrat die Güldenkammer. Bekränzt mit einem Heiligenschein. Neid und Zorn fielen in Ohnmacht.

Der Erste Bürger schaltete dem Heiligenschein den Strom ab und setzte sich ans Tischende, seinen Stammplatz. Niemand wagte es, ihn in Abwesenheit des EB zu okkupieren.

„Ich bitte um ungeteilte Aufmerksamkeit. Ich habe eine wichtige Mitteilung zu machen. Auch die Ohnmächtigen sollten jetzt genau aufpassen."

Die Rufe des Erstaunens wollten nicht abebben.

„Klappe, Ruhe, Sendepause!"

Was hatte der EB/Senatspräsident vor?

Theo zupfte mich am Jackenärmel und flüsterte, hier laufe ein ganz großes Ding, so was hätte die Bürgergesellschaft noch nicht gesehen. Ich musste ihm Recht geben.

Der Erste Bürger dozierte weiter: „Was wir brauchen nennen die Franzosen „*Fausses pistes*, oder wie es die englischen Krimiautoren seit Agatha Christie kennen: *red herrings*. Ich verschwinde im Bunker - bis zum 3.Advent - Ihr lasst mich suchen und suchen und nicht finden."

„Ne, ne, so nicht, kann doch nicht wahr sein, warum denn jetzt, was soll der Quatsch?" Stimmliches Chaos.

„Ruhe jetzt, verdammt nochmal, Klappe zu! Wir brauchen etwas, was die Leute in Atem hält, sie müssen mitfiebern können, hoch emotional das Ganze, nur so schaffen wir es, neuen Zusammenhalt zu schaffen. Wie oft haben wir hier diskutiert, dass die Gesellschaft aufgrund der Pandemie völlig zerspalten ist, getrennt auf immer oder... wir machen eine Offensive... wir zünden hier ein Feuerchen an und alles blickt dahin, während wir das Virus und seine Varianten bekämpfen, nicht nur mit AHA sondern auch mit Aplomb. Deswegen habe ich heute Morgen das Gerücht streuen lassen, dass man mich entführt habe. Niemand weiß wann, wo, wie, warum... Niemand weiß nichts und wir können in Ruhe.... Ist das soweit klar?"

„Sowas nennt man *Coup d'État*", rief der Hochmut. Und Senator Habgier pflichtete ihm bei. Der Zorn haute auf den Tisch, dass die Wassergläser ein Tänzchen wagten.

„Die ist Geheimhaltungsstufe 3! Jedes Wort nach draußen wird als Insubordination verstanden und führt zur prompten Entlassung. Die Lage ist äußerst prekär. Wenn wir nicht wieder in die Offensive gelangen..."

Ich flüsterte Theo zu: „Offensive nennen die Amis, wenn sie in andere Länder einfallen, alles zerbomben und dann als Friedenstifter den Nobelpreis abräumen. Wohingegen die Nepalesen sagen, wer offensiv vorgeht, zerstört sein Karma und muss als Ameise wieder von vorne anfangen."

Pst, machte Theo. „Wir wollen doch noch mitkriegen, wie es weitergeht."

Genau in diesem Moment versagte meine Wunderwaffe. Die Batterie hielt Mittagsschlaf. Noch ein kurzes bye-bye und dann *sleep-well.*

„Bin gespannt, wer als erster von diesen Sündenjüngern und Sündenjüngerinnen petzen geht", sagte ich.

Theo setzte auf den Hochmut, ich hingegen tippte auf den Neid.

## 9

*Schämst du dich eigentlich nicht?*

*Gibt es Anlass zum Fremdschämen? Ich wüsste einen. Mindestens.*

*Der Balken in deinem Auge ist kleiner als der Splitter aus Murano.*

*Du sprichst im Rebus, J.B.*

*Hast du mir beigebracht.*

*Aber wir sind noch keinen Satz weiter.*

*Spiel, Satz, Sieg. Es geht um den Krieg.*

*Was ist damit?*

*Glaubst du, dass dein schmaler Einfall, alle kriegen*

*Weihnachten einen Joint geschenkt, nicht ein bisschen banal ist, um nicht zu sagen: dämlich. Jeden Tag die Bilder der Zerstörung, die Toten, das kaum zu beschreibende Leid und du jonglierst mit Marihuana. Als sei nichts gewesen...*

*O.K. Kleiner Wortkampf gefällig.*

*Wie früher. Aber umgekehrt.*

*Welches Thema?*

*Wirst schon sehen.*

*Zeitenwende.*

*Vorwärtsangriff.*

*Territorialverteidigung.*

*Spezialoperation.*

*Luftalarm.*

*Häuserkampf.*

*Geisterstadt.*

*Fakenews.*

*Bombenteppich.*

*Belagerungszustand.*

*Armeegrün.*

*Angriffskrieg.*

*Atombombe.*

*Ich wusste, dass es darauf hinauslaufen würde. Chapeau.*

## 10

Die Stimme kam mir gleich bekannt vor. Bekannter jedenfalls als meine eigene. Eine Stimme aus dem All? Eine Stimme vom Matterhorn?

Wenn du Stimmen hörst, solltest du zum Klempner gehen, sagt der Beneluxe. Und der Andorraner fügt hinzu: Wer Stimmen hört, entgeht der Zwangsjacke. Sogar die Liechtensteiner*innen haben was zum Thema zu sagen: Wer Stimmen hört, sollte schnellstmöglich sein Bankkonto aufsuchen.

*„Things are never so bad they can't be made worse."* Dieses Timbre, dieses revolvergleiche Stakkato, dieses bläuliche Zwielicht. Durch mein Gehirn rasten zweihundert Stimmen... Aber ich kam nicht drauf. Manchmal verhakt sich ein Ohrwurm im Hirn, der plötzlich raus will und sich dann einkringelt. Diese Gehirnknoten können sich zu einem umfassende Knäuel verdrillern, was selbst meine Tante Else nicht mehr aufrippeln kann. Verdammt, wer war diese Stimme? Oder war sie nur in meinem Kopf?

*„The whole world is about three drinks behind."* Aha, irgendein Säufer. Hatte sich in der Drogenberatung vertan. Wir waren für Shit zuständig, nebenan die für Alk. Schon die Räusche sind diametral unterschiedlich. Wer sprach da, aus seiner Zorro-Maske? Schwarz verhüllt wie meine iranische Freundin. Ich wagte einen Versuch: „Zorro, bist du es?"

*„I should never have switched from Scotch to Martinis."* Quatsch, Zorro spricht doch gar kein amerikansky, sondern nur schlechtes Mex-Spanisch. Da musste jemand meinen Stimmenimitator benutzen. Warum bin ich nicht gleich darauf gekommen? Dieses japanische Wunderwerk, mit dem man jede Person, in jeder Sprache imitieren konnte. Wie oft haben wir damit größte Erfolge erzielt.

Unser Stimmenimitator sprach sauberer als Trump-und-Putin-und-Orban jeweils in ihrer Sprache. Aber ich war noch keinen Hinweis weiter.

Als das Gerät auf den Markt kam, kostete es so viel wie ein Mittelklassewagen, aber es war sein Geld wert. Schon nach dreieinhalb Jahren hatten wir die Kosten eingespielt, nicht zuletzt, weil wir uns viele Ochsentouren erspart haben. Per Telefon bekommt man aus verstockten Menschen mehr raus als im direkten Austausch.

Ich schaute auf den Zorristen und hob entschuldigend die Schultern, bis auf die maximale Höhe. Was hatte denn meine Kontrahent*in vor? Sollte ich eingeschüchtert werden? *Go to hell*, wie es John Wayne und seine Ganoven das genannt hätten.

*„I was born when you kissed me. I died when you left me. I lived a few weeks while you loved me."*

Nase ist es, was ein Detektiv braucht. Am besten zwei, drei Nasen. Denn es gibt immer etwas nachzuspüren. Ob es der mephistophelische Gestank oder der süßliche Rauch von Libanösel ist, die Olfaktorik von abgestandenem Urin oder der einschmeichelnde Geruch von nordtürkischen Haschisch- Nase brauchte man immer. Jeden Tag. Jedenfalls in meinem Beruf.

Diesmal zeigte meine Nase in die richtige Ring-Ecke. Irgendwo Hollywood, spukte es in meinem Hirn. Gestürm, Gewitter. Jetzt wusste ich es.

*„You're not a star until they can spell your name in Karachi."*

Bogey, klar, ganz klar Bogey. Aber wer benutzte diese Stimme? Einer von den 7 Todsünden? Bestimmt nicht. Die gingen nicht ins Kino, die schauten Netflix. Der Erste Bürger. Wozu sollte er die Camouflage benutzen, er war doch schon an der Spitze des Geschehens. Es konnte nur einer meiner Klient*innen sein. Aber wozu? Zu welchem Behufe? Rebus, Rebus, erschein.

*„The only point in making money is, you can tell some big shot where to go."* Aus welchem Film stammte das noch? Ich liebe solche Spiele, wenn man der Auflösung immer näherkommt und kurz vor dem Aufstieg abstürzt.

Lösbare Rätsel sind der Zucker im Kaffee, wenn man genügend Cognac hinzugibt. Der Ostfriese mal wieder, der in und um Leer herum Tee in tausend Tassen verteilt.

Da kommt ein Klient in mein Büro, maskiert wie Zorro, spricht wie Bogey, zitiert unaufhörlich das große Genie. Ein Weisenheimer, hätte Humphrey gesagt. Konnte ja nicht anders sein.

„Frauen, die lange ein Auge zudrücken, tun es am Ende nur noch, um zu zielen." Plötzlich wurde die Sprache gewechselt.

Jetzt erst sah ich den Pistolenlauf, der genau auf meine empfindlichste Stelle zielte. Hatte mich ablenken lassen von dem Sprachgewitterrätsel. Eine schwarzglänzende Handfeuerwaffe, wie sie im Western zu oft zum Einsatz kam. Die fand ihr Ziel, selbst wenn man nicht abdrückte. Was den Buddhisten zu der Vermutung führt, dass alles Leben Leiden ist, es sei denn man hat genügend Marzipan im Wandschrank.

*„Here's looking at you, kid!"*

Ich kannte die Fehlübersetzung in der deutschen Synchro: Ich schau dir in die Augen, Kleines. Wird immer wieder gerne genommen. Aber eben falsch.

„Was wollen Sie?", fragte ich vorsichtiger als Hann-Münden.

*„I gonna kill you, right on the spot!"*, kam es knapp zurück. Das klang leicht wie ein Vögelchen, das sich im Unterholz versteckt hielt.

Welcher Frau schuldete ich was? Wen hatte ich enttäuscht? Tausend Verstöße gegen die öffentliche Moral. Mir wurde so viel vorgehalten, dass ich mit ein paar Mea-Culpa-Gesängen nicht ausgekommen wäre. Und schon gar nicht mit einem Rosenkranz von katholischen Ausmaßen.

Wie oft war ich gefragt worden, wie viele Kinder ich habe, wie viele Frauen ich beglückt habe, wieso ich solo durch die Welt reite, ob ich bi sei und weitere Fragen dergleichen.

„Dann mal los!" Rief ich ein wenig ängstlich, was normalerweise nicht in mein Charakterset gehört.

Ich hielt die Hände vor den Schritt und wartete auf den Schuss.

*High noon.* Ohne Bogey und seine wertvollen Sprüche.

Jetzt ging es ums Ganze. Jedenfalls für mich. Und meinen Theo. Wo der nun eigentlich blieb?

Ich wollte auch mal mit einem Bogey-Spruch glänzen

„Ein kluger Mann widerspricht nie einer Frau. Er wartet, bis sie es selbst tut."

Beim Rätseln ist es immer besser schneller zu ziehen als das Gegenüber.

Es folgte ein feminines Sopran-Lachen, das mich schon manches Mal um den Verstand gebracht hatte. Augenblicklich legte die Frau ihre Verkleidung ab. „Eins zu Null, Mr. Cool!" Sie stand in einem glitter-silber Metallic-Kleid vor mir. Die schwarzschwarze Verkleidung hatte sie plump und ungelenk und verdammt waldschratig aussehen lassen. Nun strahlte sie wie ein glänzender Engel, die Haare wirbelten irre um ihren Kopf. So wie die Wildpferde in der Camargue. „Ich wollte Sie endlich mal wiedersehen."

„So dringlich?"

„So dringlich!"

„Mit Waffe."

„Mit Waffe ist alles viel simpler."

„Und warum wollten Sie mich sehen?

„In Erinnerung an die tollen Zeiten."

„Hatten wir mal was am Laufen?"

„Und ob!"

*„So sorry"*, stammelte ich. Erst kommt mir eine Stimme bekannt vor, dann eine Frau, aus dem Tag konnte noch was werden.

„Sie waren es doch, Mr. Cool, der die Schaffermahlzeit zum Tanzen gebracht hat."

„Soso!" Alte Zeiten, alte Fälle. Nichts Neues Jenseits von Eden. Es ist zum Heulen.

„Und was nachher zwischen uns geschah…“

„Ich bitte doch um Diskretion“, versuchte ich ihren Redefluss zu bremsen. Darüber spricht man nicht, jedenfalls nicht, wenn überall in den Wänden Wanzen versteckt sind.

„Was wir beide miteinander getrieben haben, steht nirgendwo geschrieben. Ich weiß. Eh klar. Aber ich erinnere mich trotzdem gerne daran. Wir waren so beflügelt von unserem Erfolg, dass wir in der Güldenkammer gevögelt…“

„Nun ist es aber genug, Frau Beckmann.“

„Ach, Sie kennen ja sogar meinen Namen.“

„Und Sie treiben Schabernack mit mir. Haben wir uns damals nicht geduzt? Zumindest nach dem Akt?“

*„I can't remember. So sorry.“*

Wäre schön, als käme mir jemand zur Hilfe, um diese Gästin wieder loszuwerden. Ich schielte nach ihrer Handfeuerwaffe, die sie neben dem Zorro-Kostüm abgelegt hatte. Sollte ich zum Angriff übergehen? Sobald du nach der Waffe greifst, ist es für eine Kopfnuss zu spät, steht in meinem Gebetbuch für bewaffnete Auseinandersetzungen auf Seite neun.

„Ich habe gehört, dass Sie einen ganz großen Coup planen, sozusagen galaktisch metropolitanich…“

„Woher wissen Sie was?“

„Ich muss das wissen. Ich bin Senatsdirektorin, schon vergessen?“

„Von wem wissen Sie es?“

„Glauben Sie, die beiden Senatorinnen Wollust und

Trägheit könnten etwas für sich behalten?“

„Das hatte ich gehofft“, versuchte ich... Jetzt fiel mir endlich die Sause mit der Beckmann vor einigen Jahren wieder ein. Swinsteertjes, so nannte sich das ostfriesich-leckere Gebäck, gefüllt mit gebröseltem Afghan, was Schlechteres kam mir nicht in die Tüte. Die Chose fand im Oberen Rathaussaal statt. Beim Schaffermahl. Gab es einen besseren Ort, die Männergesellschaft zu demaskieren. 400 Schaffer außer Rand und Band, der Finanzsenator am Kronleuchter. Debet, debet, nehmet. Autoritäten in Unterhosen. Ein Wettbewerb um die tollsten Herrendessous. Ich stand in Frauenkleidern auf der Balustrade, um dem Spektakel beizuwohnen. Frau Beckmann hatte das alles eingefädelt. Auch mich. Bis wir uns dann zusammen gefädelt haben...

Ringring, das Telefon ringelte. Es war der Erste Bürger, der nach seiner Senatsdirektorin forschte. Er sprach aus seinem Hochsicherheitstrakt. „Und danach sind Sie dran, Herr Cool. Und kommen Sie ja nicht unbewaffnet.“

„Zu Diensten. Ich schicke Ihnen Frau Beckmann ohne Verkleidung und bringe dann ne Tüte mit.“

Wenn die Autorität ruft, sollst du dich sputen. So lautet das 13.Gebot, das mir niemals entfallen ist.

Mit dem Ersten Bürger einen durchziehen... Es gibt Schlimmeres.

# 11

Unser Projekt war in eine neue Phase getreten. Der Erste Bürger, mit dem ich eine Runde gekifft hatte, eröffnete mir, dass er mit *happy hippy high und weg* nicht mehr einverstanden sei. „Das ist Teufelszeug, davon werden nur die Insider high und die nicht mal richtig." Ich solle mich um California Gold oder Mexican Pride kümmern. Woher hatte er nur diese Kenntnisse? Oder muss ein Erster Bürger auf allen Ebenen reiten? Weil er als erster über die Oxer und den Wassergraben springen muss.

Immerhin wusste er ganz genau, was die beiden Senatorinnen planten und erklärte die Weihnachtsaktion ab sofort zur Chefsache. Das hieß, wir mussten mit dem Testen des Materials wieder von vorne beginnen. Verdammte Bürokratie, wenn allzu viele Frischlinge mitreden dürfen und wollen und glauben zu müssen und reinreden. Wieder und wieder.

Als wir von unserem Nachmittagsrausch in seiner selbstgewählten Isolationswohnung erwachten, teilte mir der Erste Bürger ganz nebenbei mit, dass unser Honorar gekürzt werden müsse. Wir sollten 1 € pro Joint bekommen, das wären 400.000 € gewesen. Aber die Kassen seien leer, weil in der Pandemie riesige Summen an große Firmen gezahlt werden mussten. Wir sollten mit 50 Cent pro Joint zufrieden sein. Außerdem hätten wir ja nur die Oberaufsicht, die praktischen Arbeiten würde andere übernehmen.

Ob ich das Märchen von Hans-im-Glück kennen würde? Und ob, sagte ich, her mit dem Goldklumpen. Ich konnte sogar noch die entscheidende Zeile zitieren, was den Ersten Bürger dann doch verblüffte. „Der Herr antwortete: Du hast mir treu und ehrlich gedient, wie der Dienst war, so soll der Lohn sein! Und gab ihm ein Stück Gold."

Ich fügte hinzu, wir seien doch keine Frischlinge, die jenseits des Waldes lebten und nichts mit den gleichnamigen Schweinen zu tun hatten.

Frischlinge, um das zu klären, sind Humanoiden, die noch nie einen Joint zwischen den Lippen hatten. Und man glaubt es kaum, davon gibt es immer noch genügend. Solche Strolche, die beim Inhalieren husten, solche, die eine rote Birne bekommen und losjapsen, wenn sie den ersten Zug genommen haben. Frischlinge, sagt der Mexikaner, haben noch nie etwas von *Teonanacatl* gehört, die man *Fleisch der Götter* in Mittelamerika oder *Narrische Schwammerl* in Österreich nennt. Zwischen Leber und Milz, passt immer noch ein Pilz. Näheres regeln die *doors of perception* von Aldous Huxley.

Wir hätten ab und zu mal lüften sollen. Überall heißt es: regelmäßig lüften, Fenster auf und Durchzug machen, ablüften, belüften, celüften, delüften, entlüften - bis stoßlüften und so weiter bis Omega-lüften... Und was machten wir? Ließen die Fenster zu. Der Haschisch-Dunst stand so dicht, dass ein Frischling nach ein paar Zügen high wurde. *So were we.*

Als Theo dem nächsten Besucher die Tür öffnete,

zuckte ich zusammen. Monumental.

Ein Hund spazierte herein. Größer als mein Rollschrank. Er trabte auf mich zu, leckte mein Gesicht, igitt, und setzte sich dann auf den Hintern vor meinen Schreibtisch. Ohne dass ich Platz gesagt hatte. Verschränkte die Vorderpfoten, als erwarte er eine würdige Belohnung für seinen feuchten Kuss. Eine Mischung aus ungarischem Hirtenhund, Neufundländer und Bernhardiner. Oder war es ein Franziskaner?

Ich sah Theo an. Der grinste mit dem Hund um die Wette.

„Hast du eine Ahnung, was dieser Riesenschnauzer von mir will?"

„Bin kein Riesenschnauzer!", kam die prompte Replik. Theo spielte *surprise*. Er liebte das Spiel, wenn ich ratlos in der Zirkuskuppel zappelte.

Ich muss gestehen, dass ich nicht der beste Freund des Hundes bin. Ich kann gerade mal einen Teckel von einem Dackel unterscheiden. Ich weiß, warum Hunde nicht antworten, obwohl sie jeden Tag tausendfach angesprochen werden. Sitz - Platz - aus. Ich ärgere mich über die Hinterlassenschaften auf den Gehwegen, beäuge kritisch die Hundebesitzer, die mit Schwung die Exkremente ihrer Lieblinge unter die Büsche in den Anlagen schubsen. Meine schwedische Freundin hatte sich hunderte von diesen dänischen Fähnchen auf Zahnstochern besorgt und steckte sie in die *dog turts* auf Stockholmer Straßen. Darüber hat sogar *Dagens nyheter* berichtet. Zwei Nationen, die sich besonders inniglich lieben. Der endlose Kampf über die Hoheit auf dem Hundehaufenhügel. Skol.

„Haben Sie einen Namen? Ein Begehr? Einen Auftrag? Suchen Sie irgendwas, soll ich jemanden für Sie finden?" Ich sah dem Hundo grosso direkt in die Augen. Schlafzimmerblick.

„Welches zuerst?", hörte ich Theo antworten. Oder war es der Hund?

„Ich bin ein Hundeflüsterer", heiserte mein Besucher.

„Ein was?"

„Ein Hun-de-flüst-er-er", wiederholte er seine Antwort - betont langsam, als sei ich schwer von kp. (ohne d)

Um die Wahrheit zu sagen, ich war es auch. Mein ganzes Hundeweltbild brach mit einem Rutsch lautlos in sich zusammen. Wie oft hatte ich die Story erzählt, warum Hunden nicht sprechen können. Wie viele Witze hatte ich darüber gemacht. Ich wollte darüber ein Sachbuch verfassen. Promis aus allen Religionen und Wissenschaften, Mythenforscher und selbsternannte Heilsbringer sollten in dem Buch Auskunft geben, warum es Hunden nicht möglich war zu antworten. *Why dogs don't answer,* schöner Titel, was? (Es gab sogar schon einen Verleger dafür. Er stammte aus Kalifornia und hatte das Buch *Why cats paint?* mit großem Erfolg verlegt.)

Und jetzt? Da hockte so ein *giant dog* in meinem Büro und sprach mich an. Und dann auch noch ein Hundeflüsterer. Jesus Christ, wann wird der Adler landen?

Ich schaute Theo an, dem die verdutzte Lage zu gefallen schien, der aber kein einziges Wort beisteuerte.

Plötzlich kam mir ein Einfall. Ich langte über den Schreibtisch und kniff dem Hund in die Nase.

„Lassen Sie das“, heiserte er.

„Wären Sie so freundlich die Maskerade zu beenden, legen Sie das Fell ab und sagen mir, was Sie von mir wollen!“ Das war ein bisschen barsch, aber vielleicht half es ja.

„Was treiben Sie so den ganzen lieben langen Tag?“

„Ich helfe Hunden und Hündinnen in seelischen Nöten.“

„Aha.“

„Seien Sie nicht so überheblich. Eines Tages brauchen Sie auch mal einen Men-schen-flüst-erer, dann wären Sie dankbar, wenn Sie an mich geraten würden. Ich habe Erfahrung.“

In diesem Jahr gab es statistisch gesehen zwei Ausreißer nach oben: Klopapier und Anschaffung von Haustieren, speziell Hunden. Die Tierheime und -asyle waren leer. Im Park gab es niemanden mehr, der nicht einen an der Leine führte. Oder von einer Frau an der Leine geführt wurde.

„Nächste Frage: Warum sind Sie hier?“

Der Riesenhund rollte mir den Augen und ich sah, dass ihm rechts eine Träne entwich. Alte Wiener Schule, der ich anhänge, ich reichte ihm ein Taschentuch.

„Danke. Sowas brauchen wir nicht. Wenn wir weinen, dann wischen wir die Tränen nicht weg.“

„Ich geh dann mal, J.B.“, unterbrach Theo unser angeregtes Gespräch. „Wir haben keinen Kaffee mehr."

„Bleib nicht so lange fort", sang ich ihm hinterher.

„Wo waren wir..." fragte ich. Irgendwie musste es mir doch gelingen, den Hund aus dem Fell zu locken.

„Ich bin entlassen worden!", heiserte mein Besucher.

Entlassung, sagt der Schotte, kommt in den besten Destillen vor, und der Waliser fügt hinzu: Wer entlassen kann, wird niemals entlassen. Was den Bochumer dazu bringt: Hier gibt es außer Entlassenen nur noch Entlaufene und davon auch nicht genügend.

„Wer hat Sie entlassen?"

„Der Boss."

„Kenne ich ihn?"

„Ich hatte einen lebenslangen Anstellungsvertrag bei ihm."

„Um was zu tun?"

„Um ihm abends am Kamin Gesellschaft zu leisten. Bei seinem schweren Job als oberster Verfassungsschützer braucht er Heimeligkeit."

Abends, am Kamin, Gesellschaft - irgendwas lief hier unrund in der Kommunikation. Es sah so aus, als hätte ich einen wirklichen Sozialfall vor mir. Aber aus langjähriger Erfahrung weiß ich, dass man ein Buch nicht nach dem Umschlag beurteilen soll.

„Haben Sie denn den Mindestlohn?"

„Was sollte ich damit."

„Na ja, wenn Sie einen lebenslangen Anstellungsvertrag haben, sollten Sie schon ein paar Dukaten dafür bekommen und sei es auch nur in der hundeüblichen Steakwährung."

„Ich bin Vegetarier."

Aber wir spielten weiter.

„Und wie werden Sie entlohnt", fragte ich.

„Jedenfalls nicht mit einem Klumpen Gold."

Wooh, woher wusste er das denn schon wieder? Mir wurde etwas mulmig. Er musste gute Connections haben.

„Und warum bellen Sie dann so rum? Sie werden nicht mal entlohnt. Dann kann Ihnen doch eine Entlassung Wurst sein..." Hunden ist alles Wurst.

„Das ist eine lange Geschichte, die ich..."

„Die ich nicht hören will", unterbrach ihn meinen Gast. „Das Einzige, was ich jetzt noch wissen will: Was ist ihr Begehr?

„Wie gesagt: ich möchte, dass Sie meinen Boss unter Druck setzen. Und wenn es nicht anders geht aus dem Weg räumen!"

„Können Sie das nicht selbst? Bei dem Gebiss müsste das doch zu machen sein."

„Ich bin aggressionsgehemmt", sagte er so kleinlaut wie Bispingen.

„Auch das noch", entfuhr es mir.

Butter bei's Gemüse, dachte ich mir. Aber mir fiel kein Ausstieg ein.

Wir sprachen noch eine halbe Stunde weiter. Dann hatte ich den Hund so weit, dass er sich aus dem Büro trollte. Missverstanden, traurig, allein gelassen mit seinen

Problemen, kalt erwischt, obwohl ihm bestimmt ziemlich heiß in seinem Kostüm geworden sein musste.

Und wenn es gar kein Kostüm war? Wenn Gehirnwindungen sich zu überholen trachten, muss man an die frische Luft.

Ich hängte das Schild an die Tür: *Sorry, we are closed. If you have a message please use the telephone.* Auf der Treppe begegnete mir der Ghana-Man, der im Rathaus Botengänge erledigte. Er strahlte wie immer, heller als tausend Monde. Und pfiff ein Liedchen, dessen Melodie zu einem der ganz großen Jazz-Sänger gepasst hätte. Allerdings mit einem stark veränderten Text.

„*I love Germany, really,*
*I do love Germany.*
*Over the aces.*
*The only thing that puzzles me*
*are all these whity whity faces.*"

## 12

„Ich muss Sie unter 4 Augen sprechen. Schicken Sie den Klienten weg... Auf der Stelle." Der Hochmut war hereingestürmt, als sei die Hansestadt endgültig abgesoffen. Was ja erst für das Jahr 2050 anstand. Wasserstand. Unterstand. Abstand oder so.

„Theo", rief ich in die Kombüse, „kannst du bitte unseren Klienten für ein paar Minuten nach draußen begleiten? Kauft euch eine Fanta oder ein alkifreies Weinchen."

Theo hatte noch die Kochmütze auf. Heute Mittag sollte es mal wieder Labskaus geben. Ich verfütterte meine Portion regelmäßig an den Hund unseres Pförtners. Und manchmal auch an ihn.

Ich wusste, dass dieser Auftrag Theo zu schaffen machen würde. Denn unser frischester Klient war ein Katastrophler.

Als er am Nachmittag, kurz nach Dienstbeginn, in mein Büro trat, wurde es augenblicklich um 10 Grad kühler. Hätte nur noch gefehlt, dass dem Mann mitten im Sommer Eiszapfen aus der Nase wuchsen.

Seinen Namen sagte er ohne Aufforderung: „Otto Otto."

„Und was sind Sie von Beruf?"

Der Mann verstummte. Wie auch in der folgenden halben Stunde. Ich stellte Fragen, er antwortete... nicht.

„Belastet Sie etwas?"

Nix.

„Kann ich helfen?"

Er starrte geradeaus.

„Haben Sie Sorgen?"

Nix.

„Soll ich für Sie jemanden ausfindig machen?"

Keine Reaktion.

„Gibt es Probleme: a mit der Familie, b mit dem Job, c mit der Regierung, d mit ihrem Haustier, e mit irgendetwas, f mit dem Wetter, g..." (Zutreffendes bitte ankreuzen) Das hätte ewig so weitergehen können, wenn der Mann auch nur irgendeine Regung gezeigt hätte.

Kaum ein Wimpernschlag war bei dem Mann zu entdecken. Nur dieses beinharte Starren.

Das konnte mich wuschig machen.

„Sind Sie ein Hypochonder?"

Der Mann tippte mit dem rechten Schuh auf den Parkettboden. Aha, jetzt hatte ich ihn.

„Kopf? Brust? Leber? Nieren? Rücken? Irgendwas dabei?"

Nix.

Nicht mal mehr ein Klopfen.

„Wen bescheißen Sie?"

Pause.

„Eventuell sich selbst?"

Nächste Pause.

„Haben Sie Angst vor Katastrophen? So im Allgemeinen und bei Ihnen im Besonderen..."

Als hätte ich einen Schalter umgelegt, sprudelte mein Kunde los: „Ich bin ein Katastrophler. Überall sehe ich Katastrophen. Ich schaue jeden Morgen, Mittag und Abend in den Spiegel, strecke mir die Zunge raus, um zu sehen, ob sie belegt ist: ich niese nicht, ich huste nicht, ich bin todkrank. Wenn bei mir das Telefon klingelt, denke ich sofort, da ist jemand gestorben oder schwer krank oder hat mein ganzes Vermögen verspielt. Wenn das Telefon gar nicht mehr aufhört zu klingeln, dann ist es mein Vater. Auch eine Katastrophe. Sobald ich ein Schild am Straßenrand sehe: Achtung! Steinschlag! ziehe ich den Kopf automatisch ein, weil im nächsten Moment Steine auf mein Wagendach prasseln. Wenn ich ein Ziehen in den Hüftknochen verspüre, denke ich: Knochenkrebs, kann ja nicht anders sein. Kaum hat der Regen die Straße nass gemacht, glaube ich auszurutschen. Jeder Brief in meinem Briefkasten könnte mein Todesurteil sein oder die Mitteilung der Behörde, dass ich abgeschoben werde. Deshalb mache ich die Briefe gar nicht mehr auf. Verstehen Sie, Mr. Cool?"

Briefe nicht aufmachen, war lange Jahre meine Lieblingsbeschäftigung. Ich holte sie aus dem Briefkasten, betrachtete sie von allen Seiten, auch von unten, legte sie dann in den Schreibtisch zu seinen Brüdern und Schwestern. Und manchmal vergaß ich sie. Besonders, wenn sich neue Briefe einstellten, die auch keine Beachtung fanden. Fast so wie der mir gegenübersitzende Klient. Katastrophler, auch das noch.

„Hunderpro", antwortete ich, obwohl mir so ein Exemplar aus der Schwarzsehergilde noch nicht untergekommen war. Hypochonderern brauchte ich nur die Adresse meines Freundes zu geben, der eine spezielle Praxis für diese weit verbreitete Eigenheit hatte. Pessimisten waren da schon schwieriger zu behandeln, weil sie in der Gegenwart ausreichend Futter zum Grasen fanden. Hungerwelt, Klimachaos, Virenlast, Putin und der Erstschlag...

Pessimismus ist die höchste Form der Eitelkeit, sagt der Korse und die Sardine fügt hinzu: Mit Pessimismus kann man keine Straße pflastern, was den Liguren dazu führt, niemals schlecht über seine Mitmenschen zu reden. *Sono tutti ladri, questi Piemontesi. Tutti pessimisti.*

Geniessen wir den Untergang des Abendlandes, stand jahrelang an der weißen Wand gegenüber meinem Schlafzimmerfenster. Ich hatte den Spruch jeden Morgen lesen können. Heute lautet er: Wenn das Abendland untergeht, will ich wenigstens dabei sein.

„Ich kann um keine Ecke gehen, weil ich glaube, dass dahinter jemand steht, der mir ins Gesicht schlagen wird. Beim Öffnen jeder Tür geht es mir so. Wenn auf der Straße ein lockeres Steinchen liegt, mache ich einen Bogen drumrum, weil ich unter Garantie drüber stolpern werde. Ein Pickel am Hals und schon eile ich in die Notaufnahme. Und ich kenne alle Notaufnahmen im Umkreis von 30 Kilometern. Können Sie sich das vorstellen?"

„Ich höre Ihnen zu."

„Ich habe schon alles versucht: Pillen, Säfte, Infusionen, Zäpfchen, leichte, mittlere, schwere Drogen, Alkohol von Absinth bis Zyankali-Tee, nix zu machen. Ich bin und bleibe ein Katastrophler. Ich gehe über einen Rasen und denke: ins Gras beißen. Soweit bin ich schon gekommen. Hundertmal am Tag, wenn das man ausreicht, bilde ich mir ein, dass im nächsten Augenblick eine Katastrophe über mich hereinbricht. Einer Bananenschale kann ich ausweichen, auch einer eisglatten Straße, aber wehe ich treffe auf einen Felsen am Strand und zack liege ich auf der Schnauze..."

„Wann ist Ihnen das passiert?", fragte ich.

„Noch nie. Aber es könnte ja passieren."

Ich nickte, weil ja irgendeine Reaktion von mir erwartet wurde. Nicken hilft, selbst wenn man sein Gegenüber hinab in den Hades wünscht.

„Ist Ihnen denn jemals mal eine Katastrophe begegnet?" Ich versuchte, Konversation auf ein anderes Gehöft und anzuspitzen.

„Wie meinen Sie das?"

„Ihnen persönlich."

„Wie soll ich das verstehen?"

„Wortwörtlich: Ist Ihnen persönlich schonmal eine Katastrophe begegnet? Oder soll ich sagen: Katastrophe erschienen? Ein Hochwasser a la Eifel, eine Feuersbrunst in portugiesischen Wäldern, ein Tornado auf freier Strecke. *You name it!*"

Nun war er für einen Moment still. Wahrscheinlich hätte er mir noch den ganzen Resttag Beispiele seines katastrophalen Missvergnügens aufgezählt...

Aber genau in diesem Augenblick stürmte der Senator Hochmut herein.

Plötzlich kam mir eine Idee. Bevor Theo mit meinem Klienten abzog, rief ich: „Das ist ihr Mann, Herr Senator. Den sollten Sie als Staatsrat einstellen. Der passt in ihr Ressort."

„Für was ist er qualifiziert?"

„Sie sind Senator für schlechte Nachrichten. Und mein Klient i s t die schlechte Nachricht. Das ist doch wie Huhn auf Deckelchen. Fisch auf Fahrrad. Oder: Pott auf Wal.

Verstehen Sie! Ich meine sie beide."

Was immer der Senator von mir wollte... Ich hatte ihn aus dem stürmischen Auftritt geschubst.

Theo grinste sich eins. Ein Senator im direkten Kontakt mit dem Volk. Kam auch nicht mehr so oft vor.

Mein Klient war höchstlich zufrieden. Er hatte jetzt einen offiziellen Ansprechpartner, sogar in Amt und Ehren. Da konnte er auf mich verzichten. Selbstredend.

Der Senator schien zufrieden... aber dann bat er doch meinen Klienten samt Theo das Büro zu verlassen. „Wenigstens für eine viertel Stunde. Dann kommen wir beide bei einem schönen Glas Wermuth-Bitter-Gallen-Tee zusammen und tauschen uns aus. Ich schaue mal, was ich für Sie tun kann."

Kaum war Theo mit meinem schwer stapfenden Klienten abgezogen, schilderte mir der Senator Hochmut, der mit richtigen Namen Erwin Kleinheistermann hieß, sein Dilemma.

„Der Erste Bürger ist gar nicht entführt worden. Es ist bloß ein billiges Spektakel. Aber wir sollen bis Weihnachten diese Legende aufrechterhalten. Bis uns das Christkind erscheint. Was sollen wir tun? Unsere Runde ist in heller Aufregung."

Als ob ich das nicht längst dank unserer japanischen Wunderwaffe in Erfahrung gebracht hätte. Aber ich zeigte mich erstaunt, verblüfft, irritiert, völlig aus dem Häuschen...

„Was ist denn da geplant?", fragte ich naseweis. Aufgeregt wie Schulmädchen in der ersten Klasse.

„Ein Ablenkungsmanöver, so simpel."

„Wer soll von wem abgelenkt werden?

„Alle von allem. Oder besser: Alle von der Pandemie und dem Ukraine-Krieg. Es soll ein hochemotionsgeladenes Spiel aufgeführt werden: Die Bevölkerung soll sich Sorgen machen..."

„Hat sie noch nicht genügend?"

„Ja schon, aber die falschen Sorgen."

Ich wusste gar nicht, dass es falsche Sorgen gibt. Wie sagte schon der Belgier: hast du Sorgen... aber jetzt keine Witze, dem Senator war der Hochmut Ernst.

„Sorgen um den Ersten Bürger. Jeden Tag neue Spuren, stündliche Pressekonferenzen, jeden Tag einen Aufreger. So wie monatelang alle auf die Inzidenz-Zahlen starren, sollen nun alle auf die Lage des Entführungsopfers schauen. Gottesdienste mit Fürbitten, Hellseherinnen mit übernatürlichen Kräften. Kristallkugeln mit Schicksalsnornen, das gesamte Arsenal. Und dazu natürlich die Fraktion der Quersteher, die nichts von dem ganzen Getue glauben, was wiederum eine weitere Ablenkungsdebatte ergibt. Nicht zu vergessen, die falschen Einflüsterer, die genau wissen, wo der Erste Bürger gefangen gehalten wird. Dann die Lösegeldforderungen, mehrfach geplatzte Lösegeldübergaben wie damals bei Arno, die abgefeimten Tricks der Spindoktoren, letztlich die Befreiung der Ersten Bürgers. Kurz vor Weihnachten und dann werden Sie mit ihren Joints noch als allerletzte Zugabe ins Spiel gebracht. Der reine Beschiss, um es mal platt zu sagen."

Der Hochmut hatte sich in Rage geredet. Völlig außer Atem. Und dabei wollte er mir eigentlich mitteilen, dass er nichts von diesen ausgetüftelten Szenarien hielt. Gar nix sogar.

„Wir sind unterlegen", sagte er kleinlaut.

„Wer? Wir?"

„Die Gula und ich. Die Acedia enthält sich der Stimme. Die anderen sind zu viert. Das Quartett der Verschwörer. Die haben den ganzen Plan nur entwickelt, um ihn mit Getöse platzen zu lassen, den Ersten Bürger zu blamieren und letztendlich zu stürzen."

Das Politik so überaus verwinkelt sein konnte, war mir bis dato nicht bekannt. Immer wenn es verwinkelt wird, muss man im Kreis laufen.

„Ich will ganz ehrlich sein, Herr Senator. Sie erwarten zu viel von mir. Ich bin ein simpel bekiffter Detektiv. Soll ich die Welt retten? In ein paar lausigen Wochen den ausgetüftelten Plan von Polit-Profis und Profiteur*innen durchkreuzen."

Der Senator für schlechte Nachrichten schüttelte den Kopf. So lange wie es dauerte, einen White Russian zu mixen.

„Wenn Sie schonmal im Oberstübchen der Macht residieren, dann könnten Sie sich doch auch nützlich machen."

„Nützlich, das Wort kenne ich gar nicht", man muss Machthabern etwas entgegensetzen, sonst spielen sie leichtes Spiel.

„Sie könnten doch Einfluss auf diese 4 Verschwörer nehmen, zum Beispiel mithilfe ihres reichhaltigen Drogensortiments."

„Und dann?"

„Ich brauche nur eine Stimme mehr, dann dreht sich das ganze Bild. Und wir können dem Spuk ein Ende bereiten."

Wer hatte das noch gesagt... Schiller war es nicht.

„Seid ihr soweit?", fragte Theo, der offensichtlich dem Rheinwein heftig zugesprochen hatte. In seinem Schlepptau den Katastrophler, nicht minder besoffen.

„Mr. Cool, denken Sie an meine Worte", sagte der Hochmut. „Ich kümmere mich um ihren Klienten, dann haben Sie den Kopf frei für mein kleines Anliegen."

Er hielt mir die Hand hin.

„Deal?"

Ich zögerte, das machte sich immer gut: 5 Sekunden Minimum. Niemals gleich einschlagen. Manchmal auch wenigstens 24 Stunden drüber schlafen. Wenn nicht länger. „Deal!"

Die Lage war mehr als verzwickt. Nicht zuletzt, weil wir eingeweiht waren in ein riskantes Spiel. Wenn vorzeitig herauskam, dass die hansestädtische Öffentlichkeit behumst werden sollte, von wegen der Erste Bürger wurde entführt, dann Gnade den Großkopfeten, die würden allesamt auf einem großen Schlitten in den Abgrund des Ganz-schnell-Vergessens-und-nie-wieder-an-Deck-Kommens rasen. Rasante Fahrt. Good night and good bye.

„Willst du noch Labskaus?", fragte Theo.

„Wärme ich mir heute Nacht auf. Jetzt müssen wir uns endlich mal mit den neuen Proben California Gold und Mexico Pride befassen."

„Nichts lieber als das!", rief Theo aus. Er zog die Kochmütze aus und begann in Windeseile zwei Joints zu rollen. Roll on Theo, intonierte ich, roll on.

Welche Ware wirkte Wunder? Viva Mexico.

Dann gab es wieder mehr Lösungen als Probleme. *Ay carmela.*

## 13

*War das alles oder kommt da noch was?*

*Wie meinst du das?*

*So wie ich es sage. Alles ziemlich billig.*

*Wie billig?*

*Billig halt. Als hätte ich mich jemals mit der Obrigkeit gemein gemacht. Du lässt mich mit einem Büro im Rathaus und der vagen Aussicht auf ein Riesenhonorar ködern und schon soll ich Teil des Establishments sein.*

*Wer zweimal mit der Gleichen pennt, J.B. Schon vergessen?*

*Mit der Staatsrätin habe ich es nur einmal getrieben, wir waren so beflügelt...*

*Das sagtest du schon. Und was ist daran billig?*

*Jede Menge Fälle, Hunde, die sprechen können, na ja,*

*dir ist auch schon mal was Besseres aus der Tastatur geflossen. Ein Katastrophler, der ein reines Abbild von dir selber ist. Ein Quersteher, taucht der eigentlich nochmal auf?*

*Der ist tot.*

*Diese Staatssekretärin, was wollte die eigentlich?*

*Mal sehen, was da noch kommt.*

*Sagen alle Schriftsteller, die sich im eigenen Text verheddern und nie was ordentlich zu Ende bringen.*

*Als wenn das so einfach wäre.*

*Da wäre ich doch lieber in meinem Limbus geblieben.*

*J.B., fang nicht wieder davon auf.*

*Ich bin nicht so angepasst, wie du mich gerne schilderst. Als sei ich altersmilde und verblödet geworden.*

*Ich bleibe bei meinem Wahlspruch: Sitze da, wo die Spötter sitzen.*

*Psalm eins, Vers eins. Muss lauten: Wohl dem Manne, der nicht nach der Gesinnung der Gottlosen wandelt, noch auf den Weg der Sünder tritt, noch auf dem Sitze der Spötter sitzt.*

*Umgekehrt wird mein Spruch draus, J.B.*

*Wenn du wenigstens eine starke Identifikationsfigur hättest...*

*Die hab ich.*

*Und wen?*

*Na dich doch.*

# 14

„Ich werde die erste männliche Kanzlerin!"

„Aha", mehr brachte ich nicht heraus. Hier war jemand in Parfüm gebadet und in Honig aufgewacht.

„Schauen Sie nicht so ungläubig!"

„Ich bin gerne un-gläubig!", erwiderte ich, obwohl mir das letzte Stündlein doch ein mulmiges Gefühl bereiten würde. So ganz ohne Wiederauferstehung.

„Es hat schon schwule Bürgermeister, Senatoren, Minister, Präsidenten, Torwarte gegeben. Ebenso lesbische in allen Kategorien. Jetzt sind wir dran, von der LGBTQI+-Szene. Ich bin bi. Was dagegen?"

„Bi? Wie?"

„Eben bi. Irgendwelche Ressentiments?"

„Gar nicht, gar nicht. Je bunter, desto fröhlicher." Ich erinnerte mich an manche Abenteuer beim Christopher Street Day, wo Robin Ring und Sabine Maultäschle an der Bar standen und so lange regenbogenfarbige Getränke zu sich nahmen, bis sie jubelnd von hinnen sanken. Glückselig.

„Kann ich denn irgendetwas für ihre Bewerbung als erste männliche Kanzlerin tun...?"

„Kommen Sie in mein Team, dann sehen wir weiter."

„Wie weit?"

„Bis zum Horizont. Dahinter geht's weiter."

„Ich bin ein bisschen fußlahm, das schaffe ich nicht."

„Wir werden Sie auf Händen tragen. Und wir haben viele Hände."

In diesem Moment dämmerte es mir. Meine nächste Frage war ein Messer in seinem Hirn.

„Sie waren anfangs des Jahres schon einmal hier?"

„Wie kommen Sie darauf?"

„Sie wollten die anderen Kandidat*innen aus dem Wege räumen. Und dann sind Sie plötzlich getürmt, als mein Assistent ihnen unseren Wundertee servierte, um die Wahrheit von Ihnen zu erfahren."

„Das war ich nicht."

„Wer war es dann?"

„Mein Alter Ego!"

„Ach so!"

„Und wie heißt es?"

„Was?"

„Das Alter ego."

Hier muss ich mal innehalten. Die Sache mit dem Alter Ego ist nicht so einfach wie sie klingt. Es geht nämlich nicht darum, dass jemand zu alt für sein Ich geworden ist, auch eine schöne Vorstellung, sondern darum, dass das Ich keine Lust mehr hat und an den Herrn (oder die Frau) Alter abgibt. Der Herr (oder die Frau) Alter heißt übrigens mit Vornamen Max (oder Maxime).

Von Land zu Land ist das Alter Ego was völlig Verschiedenes. In Frankreich heißt es *alter égo*, in England *alter ego*, in Spanien *alter ego* und auf Finnisch *toinen minä*. Man muss tagelang üben, um das richtig auszusprechen.

Weiter im Text.

„Was haben Sie denn für Qualifikationen als erste männliche Kanzlerin?"

„Wer? Ich oder mein Alter Ego?"

„Sie beide. Da würde mir jetzt ein einfaches Ja oder Nein reichen."

Plötzlich trat Theo aus seiner Kochkombüse hervor. „Der Tee ist kalt geworden. Ich kann ihn schnell wieder erhitzen."

„Danke, Theo, du bist so lieb zu mir. Aber unser Klient ist schon erhitzt genug..."

„Ach, verstehe ich das richtig, ich bin also ihr Klient." Sagte der Mann/Frau im Glitzerfummel.

„Wenn Sie mir bis nach Weihnachten Zeit lassen, gerne. Vorher sind wir allzu beschäftigt."

„Womit, wenn ich fragen darf."

Er fragte wie ein Politiker, er im Kostüm von LGBTQI+ . *Queer.* Mehr so wie Prinz Karneval auf dem Sunset Strip. Seventy seven, Sunset Strip, wer erinnert sich noch daran?

„Dürfen Sie nicht. Wir sind Geheimnisträger und wollen es auch bleiben", erwiderte ich so scharf wie Solingen.

„Dann verraten ich Ihnen auch mal mein Geheimnis. Die anderen Kandidaten um das höchste Amt in Berlin werden zu meinen Gunsten abtreten. Manche vielleicht nicht ganz freiwillig, aber die kommenden Skandale wird keiner von denen überstehen."

„Haben Sie denn auch einen Namen? Nur so für die Kartei!"

„BB."

„Wie BB?"

„Bart und Busen. Wollen Sie mal fühlen?"

Ich dachte an das Schicksal der Liberata, die auch Wilgefortis genannt wurde. Die Ärmste sollte mit einem Prinzen vermählet werden, war aber schon mit Christus verlobt. Sie flehte Jesus an, er möge sie so hässlich als möglich machen, damit dem Prinzen die Heiratslust abhandenkomme. Daraufhin wuchs ihr ein Bart. Frau mit Bart, gab's in der letzten Zeit nicht nur beim Euro-Trällerwettbewerb. Der Vater, ein portugiesischer König, war so erzürnt, dass er Liberata kreuzigen ließ. Damit hatte sie nicht gerechnet. Was wiederum zu einigen Bildnissen führte: eine weißgekleidete Jungfrau am Kreuz schwarzbärtig und einer Krone geschmückt. Wilgefortis alias Kümmernis. (Nun googlet mal schön!)

Und so jemand stand nun leibhaftig in unserer Kiffer-Bude. Nicht zu fassen. Dann besser Hunde als Kunden.

X - o - x

„Ich bin schwanger", sagte Theo Zenker und strahlte mich an. Er sagte das so laut, dass sich im Nachbarbüro die Tulpen verneigten. Immerhin saßen dort die Haushälter zusammen und berieten, wie sie Loch 1, Loch 2 und Loch 3 stopfen könnten. (Was nichts mit dem ach so beliebten Golfspiel zu tun hat.)

Ich muss so ungläubig geschaut haben, dass Theo die

Konversation von vorne begann.

„Ich bin schwanger“, sagte er ein wenig gedämpfter, fast so wie Venlo hinter der Grenze.

„Wo ist das Problem?“, fragte ich zurück. Manchmal muss man mit einer Gegenfrage die Erstfrage niederfragen.

Und dann ließ er die Hose fallen und präsentierte einen Bauch, der nach einer extrem gedehnten Schwangerschaft aussah. Theo gehört nicht in die Kategorie von Männern, die ständig und gerne die Hose fallen lassen. Mick J. hat im Hyde-Park trompetet: *„You want my trousers to fall down?"*

Nun muss ich mal innehalten, denn mein Theo Zenker hat zwar immer viel Text, besonders wenn es ums Kochen geht und die ganze Lauferei, die er für mich übernimmt, aber niemand kennt seine Geschichte, was sag ich seine Biografie oder noch besser: sein ganzes Vorleben. (Vorlieben?)

Theo hat frühzeitig das Gymnasium verlassen und zwar aus freien Stücken. An seinem 18. Geburtstag marschierte er ins Sekretariat und reichte seine Kündigung ein. Damit war das Thema Karriere erstmal beendet. Er verdingte sich (wer kennt noch dieses Wort?) als Schlosser, Schmied und Hufeisenexperte bis ihn ein adliger Dienstherr engagierte, als seinen privaten Stallburschen. Es folgten 25 Jahre voltigieren für Acht- bis Achtzehnjährige, vornehmlich junge Frauen, die seit dem ersten Schuljahr den Berufswunsch Tierpflegerin hegten, Pferdeäppel einsammeln, Mähnen bürsten und die Pferde tätscheln und Honig um die Trensen schmieren.

Theo sattelte um und wurde Mitarbeiter der VHS (vulgo: Vögeln Hilft Sicher) - nach einem kurzen Intermezzo als Kegeljunge auf der senatorischen Anlage. Dort nahm ihn der Bildungssenator zur Seite und verschaffte ihm den Job bei der VHS. (vulgo: Verlierer Hoffen Selten) Theo bot Kurse an, von denen andere Dozent*innen die Finger ließen. Hier eine kleine Auswahl: Zurück in den Geburtskanal, Schlechter Sex 1-4, Kochunfälle leicht gemacht, Verlierer leben gesünder, und was sein bestes Angebot war, das ist mir gerade entfallen, aber wenn Sie weiterlesen, werden Sie es erfahren.

Ich lernte Theo nicht bei der VHS kennen (vulgo: Vorbilder Handeln Seriöser) sondern bei einem prekären Einsatz auf dem Gehöft der Arbeitssenatorin, so hießen die früher, gar nicht so lange her. Theo brachte den Shit mit, was ihn mir gleich sympathisch machte, weil viele meiner früheren Mitarbeiter mir ständig alles wegrauchten. Nach und nach gab er seine Tätigkeit bei der VHS auf (vulgo: Vorsichtige Hunde Schwindeln) und arbeitete ganztags für mich. (und auch nachts)

Mein Assistent streckte seinen Bauch raus, als wollte er bei der Kompagnie Panzer antreten.

Nun wusste ich natürlich, wo das Problem lag. Wer zahlt die Alimente? Wer ist der Vater? Und, warte mal... wer ist die Mutter? Eher Leihmutter. Aber... noch kriegte ich nix auf die Kette. Das war doch ein Witz in Tüten.

„Du bist nicht schwanger, Theo", sagte ich scharf wie der KGB. „Das ist der Bauch von Corona. Eviva españa."

# 15

Die Kugel Theo stand am Gate und wimmerte. Wie nur ein Schwangerer wimmern kann. „Da, wo du hinfliegst, werden täglich Tausende ermordet, wenn das man reicht. Kannst du nicht doch in Amsterdam..."

Wimmer. Wimmer. „Wenn du dich mit denen ins Bett legst, steht du nie wieder auf. Wenigstens nicht lebend."

Jammer. Jammer. Langsam wurden die umstehenden Passagiere auf uns aufmerksam.

„Du kannst da nicht ohne Body Guard hinfahren, aber ich fahre nicht mit. Auf keinen Fall. Das ist ein Selbstmord-Unternehmen."

Heule. Heule.

Ich bat Theo um weniger Lautstärke. „Auch wenn demnächst die Legalisierung ansteht, noch machen wir uns strafbar", flüsterte ich.

Amsterdam, Amsterdam, das Paradies für den kiffenden Amateur, den fortgeschrittenen Jointnutzer und den Marihuana-Experten, der sämtliche Stoffsorten auseinanderhalten kann.

„Dann versuch es doch wenigstens erstmal in Amsterdam!"

Theo Zenker war doch tatsächlich der Meinung, ich könnte in Amsterdam die Coffeeshops leerkaufen und 100 Kilo Mexican Pride anschaffen. *Follow the money*, heißt ein beliebter Spruch bei Detektiven, Drehbuchschreibern und Doppelgängern. *Follow the dope*, kann ich erwidern. Es gab gar keinen anderen Weg.

Die Kugel Theo passte zwar in keinen Wagen, aber er wollte mit jeweils einem Kilo hundertmal über die grüne Grenze fahren, um die benötigte Menge zu beschaffen. Würde Tage dauern, dieses riskante Unternehmen. Auch wenn Weihnachten immer noch Wochen entfernt war, einmal würden sie Theo erwischen und dann war es aus mit dem Leben in Stoff und Braus. Und unser schönes Büro wäre auch futsch.

„Kannst du nicht rechnen?", hatte ich Theo gefragt und ihn dabei böse angetwinkert.

Mit großen Zahlen hat er es nicht so. Aber mit kleinen auch nicht.

„Das kriegst selbst du raus. Nehmen wir mal an, ein Gramm Mexican Pride kostet in Amsterdam, sagen wir, um es einfach zu machen: 10 . Wieviel kostet dann ein Kilo? Na, na", hatte ich Theo in die Rechenmaschine gelockt.

Er nahm seine Finger zur Hilfe.

„1 Gramm 10 Euro, dann sind 1 Kilo... Moment, hab ich gleich... dann sind dann, so etwa... ich komme sofort..."

„Wieviel Gramm sind denn ein Kilo, Theo? Auch wenn du vorzeitig in der Schule gekündigt hast... das kann doch jeder."

„Ich nicht", kam es kleinlaut von meinem Assistenten. Dafür lieb ich ihn, Theo ist ehrlich, auch wenn er dumm dasteht. So manches Mal hat uns seine Verdutztheit und naive Unkenntnis den Hals gerettet. Das muss man erwähnen dürfen.

„Ich helfe dir mal. 1 Kilo sind 1000 Gramm. O.K. 1 Gramm kostet 10 Euro, also müssen wir was machen."

„Dann kostet 1 Kilo 10.000 Euro", platzte es aus ihm heraus. Hoffentlich war nicht die Fruchtblase...aber das ist eine andere Geschichte, die hier nicht erzählt werden soll.

„Und dann sind 100 Kilo wieviel?"

Theo Zenker stutzte. „Das ist eine ganz schöne Menge, da müsste ich mal nachrechnen."

Wenige Minuten später war es geschafft.

Wer hat eine Million parat, um in Amsterdamer Coffeeshops 100 Kilo M. zu kaufen? Weitere Unbekannte in der unlösbaren Gleichung. A) Gibt es überhaupt so viel Stoff in Amsterdam zu kaufen? A1) Speziell von dieser Sorte. B) Kostet der wirklich nur 10 Euro pro Gramm? B1) Ab wann gibt es Mengenrabatt? C) Wie sollten wir diese Menge über die Grenze bringen? D) Ist der Senat bereit, die Million springen zu lassen? E bis Z, das neue Alphabet, nicht nur für die Benamsung von Stürmen, die seit dem Klimawandel immer häufiger durchrasen.

Amsterdam war keine Lösung!

Das stand fest, aber was wackelte?

Schließlich hatte man uns mit dem Job betraut und wir mussten ihn durchführen. Das waren wir auch unserem Image schuldig.

Image, sagen die Franzosen, sind die kleinen grauen Zellen, die mit jedem Schluck Absinth farbiger werden.

Image nennt John Lennon die Zukunft, die ihm geraubt wurde. Und die Finnen sagen zu Image *kuva*. Die nun wieder.

Ich sage es gleich, lieber wäre es mir gewesen, ich hätte das Schiff nehmen können. Wenn ich nicht so schnell seekrank geworden wäre. Kaum die ersten Meilen geschafft, stand ich an der Reling, igitt. Eine Schiffspassage mit Sondergepäck, ja toll, ganz großes Tennis, aber tagelang in der Kabine liegen und lieber sterben als essen wollen. Auch dieser Weg war mir verbaut.

Half nur Fliegen. Und davor hatte ich noch mehr Bammel als Theo, der neben mir am Gate stand und wimmerte. „Boss, du musst ganz vorsichtig sein. Du kannst nicht einfach so hinfliegen, mit dem Geld wedeln und dann in einem Massengrab landen."

„Nenn mich nicht Boss. Das hast du doch bisher nie gemacht. Bosse sind Leute, die Sklaven halten und Duckmäuser gängeln."

„Ich weiß, Boss, aber die Situation ist ernst. Was soll ich machen, wenn du in der Kiste zurückkommst?"

„Du sollst einen strammen Jungen gebären. Das wäre eine Weltsensation, auf die wir beide stolz sein könnten. Auch wenn ich gar keinen Anteil am Zeugungsakt hatte."

Unser Plan, Mexican Pride in Mexico zu erwerben, gefiel sogar dem Ersten Bürger. Bei dem musste ich zusammen mit den beiden eingeweihten Senatorinnen antanzen. Er ließ sich kurz über das bevorstehende Werder-Spiel gegen das Abstiegsgespenst aus schickte dann die Wollust und die Trägheit vor die Tür.

„Ich wusste, dass wir den richtigen Mann mit der richtigen Aufgabe am richtigen Ort mit den richtigen Methoden ausgewählt haben.“ Der Erste Bürger hätte es nicht besser formulieren können. Er klopfte sich auf die Schulter, erst auf die rechte, dann auf die linke. „Wie steht es denn um ihr Spanisch?“

„Schütter“, antwortete ich. „Ich werde mich schon verständlich machen.“

„Sollen wir Ihnen einen Dolmetscher...“

„Auf keinen Fall. Viel zu riskant. In dieser Situation hilft nur ein solo.“

„Und wie wollen Sie den richtigen Lieferanten ausfindig machen?“

„Das hängt von der jeweiligen Situation ab.“

„Aha“, sagte der Erste Bürger. „Aha! Aha!! Aha!!!“

Das Geschäftliche und Organisatorische war da schon zu meiner Zufriedenheit geregelt. Ich bekam einen blauen Diplomatenpass, das ging schneller als der ICE nach Oggersheim. Ich bekam Erster-Klasse-Tickets für die Flüge. Ich bekam 10.000 € Handgeld. „Vergessen Sie mir die Quittungen nicht!“, schärfte mir der oberste Haushälter ein. Gleich dreimal hintereinander sagte er seinen Spruch auf. Gerade Drogendealer sind ja seit jeher bekannt, dass sie gerne und penibel Quittungen ausstellen. Meist jedoch in der handelsüblichen Währung, in BLEI.

„Wenn Sie Hilfe brauchen, hier ist für den Notfall eine Telefonnummer. Absolut zuverlässig, diskret und zielorientiert", sagte der Erste Bürger und reichte mir einen verknickten Zettel, „wir haben schon mit der Botschaft in D.F. gesprochen."

„Haben Sie denen meinen Namen genannt?"

„Nein, nein. Wo denken Sie hin. Sie haben ein Passwort und erreichen sofort jemanden, der sie außer Landes bringt. Das ist eine reine Vorsichtsmaßnahme. Wir müssen uns ja absichern, dass Sie nicht in einer Kiste zurückgeschickt werden und ohne das Handgeld..."

Was sich mein besorgtes Umfeld alles so zusammenreimt. Als würde ich mit den Euros wirbeln und Schmeißfliegen anlocken. Keine Phantasie diese Herrschaften. Theo konnte ich das nachsehen, aber dem Obersten Bürger, au weia, das konnte heiß werden, wenn es mal zu einer richtigen Krise kommt.

Theo Zenker umarmte mich, wie das nur schwangere Männer können. Hätte nicht viel gefehlt und er hätte mir den sozialistischen Bruderkuss verabreicht oder den arabischen Vaterkuss oder den kitzligen Mutterkuss oder den finnischen Auf-Kuss. (Ok, den nehme ich zurück.)

Dann ging ich über den Einsteigefinger in die Maschine.

Erster Klasse, bitte hier rein, bitte ihr Handgepäck, bitte ihren Mantel, Erster Klasse, bitte ein Schampus, bitte ein kleiner Imbiss, Erster Klasse, bitte hier der Fernseher, bitte da der Umstellknopf für die Liegeposition.

In diesem Augenblick kam eine dunkelhaarige Mitvierzigerin in das Erste-Klasse-Compartment. Sie schwang ihr

Handköfferchen in die overhead lockers und setzte sich in die letzte Reihe hinter mich.

Ich konnte gut hören, was dann geschah.

Zunächst kam die Stewardess und wies die Frau darauf hin, dass sie hier nicht sitzen dürfe. Sie ließ sich nicht davon beeindrucken. Dann kam der Purser, sie habe nur ein Ticket für die normale Klasse. Auch den ließ sie abblitzen. Selbst der Kapitän konnte die Frau nicht zum Aufstehen bewegen. „Wir wollen losfliegen. Nun machen Sie doch hier nicht so einen Aufstand." Sein Tonfall war freundlich aber bestimmt. „Ich mache hier keinen Aufstand, das sind doch Sie, die den Aufstand machen" Zum Schluss kam ein junger Adept der Luftfahrt und sagte der zu der Passagierin: „Sie wissen aber schon, dass die Erste Klasse nach Peking fliegt, wollen Sie da wirklich hin?" Abrupt stand die Dame auf, nahm ihr Handköfferchen und verließ die Erste Klasse. „Das hätten Sie doch gleich sagen können!"

Ich puschte durch das Filmangebot. Nur die neuesten Blockbuster. Spielte mit der Liegeposition meines komfortablen Sitzes. Bestellte zwei Schlaftabletten und vier Gläser Schampus. Dann hoben wir ab.

## 16

Es klopft an der Zimmertür. Durch den Spion ist nichts zu erkennen. Könnte auch mal wieder gesäubert werden. Oder soll ich nichts sehen? Ist der Spion mit Absicht geschwärzt?

Es klopft wieder. Dreimal lang, einmal kurz. Ist das das verabredete Signal? Ich versuche mich zu erinnern. Gedächtnis ist auf *low* geschaltet. Warum fallen mir dauernd englische Worte ein. Ich bin in Mexico, da spricht man spanisch. Panisch versuche ich mir den Code vorzubeten.

Dreimal lang, einmal kurz, dreimal lang. Eine Variation von SOS oder was? Das Zimmer ist größer als meine Büros jemals waren. Alle zusammengenommen. Ich weiß genau, wer vor der Tür steht. Narbengesicht. Keine Frage. Und ich weiß auch, was er will. Aber ich bin noch nicht bereit ihn zu empfangen. Jetlag, seit Tagen.

Das Telefon klingelt. Ein altmodischer Plastikapparat. Mit einer Leuchtdiode, die hektisch blinkt. Im Rhythmus des Klingelns. Wenn ich doch nur meine Unterhose finden könnte. Ich wühle im Bett. Nichts da. Nada. Falta algo...

*Un momento, por favor.*

Es klopft, es klingelt. Nun summt auch noch mein smartie. Das muss Theo sein. Oder auch nicht.

Ich stelle die Dusche an, mich aber nicht darunter. Soll mein Besucher denken, dass ich noch nicht für Besuch gerüstet bin.

Der Code, verdammt, wo ist der Code hin. Das Passwort. Ich hatte es doch extra auswendig gelernt und dann den Zettel aufgegessen. Wie es im Lehrbuch des MI5 und MI6 steht. Ob unsere Verfassungsschützer auch immer wichtige Informationen aufessen? So oft wie da Akten verschwinden. Kann ja gar nicht anders sein.

Es klopft. Diesmal 10 derbe Schläge auf die Tür. Wie lange wird sie halten?

*Un momento, por favor.*

Ich stelle die Dusche ab und rubbele mir den Rücken mit einem kratzigen Handtuch. Dann spüre ich, dass der Rücken gar nicht nass ist. Wo ist meine Unterhose. Ich schaue an mir runter. Unter-Hose, heißt: unter der Hose, J.B. Das solltest du doch noch wissen.

Wenn ich jetzt das Passwort hätte, dann könnte ich... was könnte ich dann eigentlich...mir den Killer vom Hals halten... oder ihn auf meine Fährte locken oder mir einen Platz im Massengrab verdienen oder schonmal die Kiste bestellen, mit der ich nach Hause geschickt werde...

Ich hätte zuhause bleiben sollen...verdammt jetzt kommen auch noch Tränchen... wie peinlich für einen der führenden Detektive... das ist mir ja noch nie passiert... ich war allerdings auch noch nie auf einem anderen Kontinent - inkontinent, könnte man sagen, wenn das Wort nicht anders besetzt ist... ich spüre eine leichte Feuchte auf beiden Wangen und zwischen den Beinen...

*Un momento, por favor.*

Aus dem sechsten Stock kann man nicht durch das Fenster verschwinden. Zudem das vergittert ist. Ich sitze in der Falle zwischen Klopfen, Klingeln und Summen, das liegt direkt neben einer Selbstschussanlage.

Wer kann sich schon vorstellen, was es heißt auf eine Mission zu gehen, von der es keine Wiederkehr gibt. Wenn ich doch wenigstens an einer Reise zum Saturn teilnehmen würde, da weiß man vorher, auf was man sich einzustellen hat.

Oder wenn Theo hier wäre. Der könnte die Tür aufmachen und sagen: Wir kaufen nichts. Wir bitten von Besuchen abzusehen. Wir wollen verdammt nochmal unsere Ruhe.

Klopf. Klopf. Klopf. *Roomservice, abre por favor.*

Das ist eine Falle. Ganz klar. Eine verfickte Falle. Ich soll die Tür aufmachen, damit... ich will mir gar nicht ausmalen, was mir bevorsteht. Und das, obwohl ich bisher nichts was von Mexico DF gesehen habe. Keinen Zocalo, keine Frida Kahlo, Leo Trotzki, Diego Riviera, das Pfandhaus, Monte de Piedade, Tardan, wo es die besten Hüte gibt... Ich hatte stundenlang Reiseführer auf dem Flug gewälzt. Was sonst Theo immer für mich macht. Aber ich wollte auch nicht so ganz dumm dastehen, wenn mir die Mexikaner alternative Fakten erzählten.

*Un momento, por favor.*

Hinhaltetaktik, ganz berühmt. Einfach aussitzen. So lange die Tür durchhält. Ich halte schon lange nicht mehr durch.

Summen. Klingeln. Klopfen. Sticheln. Stammeln. Stopfen.

Das war mal ein Kinderreim, den ich im Alter von 13 erfunden habe. Oder war es im Alter von 73.

Hinhaltetaktik, so nennen die Belgier die Sperrwerke, die das Wasser abhalten sollen, *les atermoiements*, sagen die Franzosen, aber nur im Plural, *táctica dilatoria*, nennen es die Spanier, heißt aber mehr so wie Ablenkungsmanöver, ebenso wie im Englischen: *delaying tactics*. Nur die Finnen haben kein Wort dafür. Warum auch.

Ich schalte meinen Stimmenimitator ein - dann wachte ich auf.

## 17

Der Stimmenimitator (m) - (Plural) die Stimmenimitatoren

Japanisches Kommunikationsgerät aus dem Jahre 1990. Anfangs genutzt als Sprachumwandler, mit dem man in einer Vielzahl von verschiedenen Stimmen sprechen konnte. (z.B. wie Humphrey Bogart oder Marlene Dietrich) 19 Jahre später kommt als neue Funktion die Übersetzungs-App hinzu. Nicht nur die 5 Weltsprachen lassen sich damit problemlos nutzen, sondern über 400 Sprachen aus allen Kontinenten. Die Bedienung ist äußerst einfach: Man stellt zu Beginn die gewünschte Ziel-Sprache ein und spricht in seiner eigenen Sprache hinein. Innerhalb von Sekunden, schneller als eine Simultanübersetzung, ist die gewünschte Sprache zu hören. Das ist der Durchbruch für eine weltweite Kommunikation. 1996: erste Erwähnung des Stimmenimitators in dem Roman: Der große Schlaf des J.B. Cool, erschienen im Haffmans-Verlag Zürich.

# 18

Das Restaurant *Ay Carmela* befand sich im obersten Stock des Hilton-Hotels am Paseo de Reforma. Nobel, nobel, warum drei Sterne nehmen, wenn man fünf kriegen kann.

So ein blauer Diplomatenpass ist sehr hilfreich. (Vielleicht sollte ich mir den nach Abschluss des Jobs einstecken, so halb legal, oder so.) Bei der Einwanderungsbehörde musste ich nur kurz damit wedeln, dann wedelte man mich an den langen Schlangen vorbei - 3 bis 4 Stunden Lebenszeit erwirtschaftet. Besser konnte der Mexiko-Trip nicht beginnen.

Die Speisekarte war eine unlösbare Aufgabe, speziell für einen Zauderer wie mich. *Quesadillas, Jalapeños, Gorditas, Diabolitos.* Vielleicht sollte ich mir etwas vom Oberkellner oder von meinem Gastgeber empfehlen lassen.

Es war ganz einfach herauszufinden, wo es Marihuana zu kaufen gab, immer der Nase nach, Augen offenhalten und nicht mit europäischer Überlegenheit protzen. Der erste Kontakt war schnell gemacht. Ein Restaurant im Studentenviertel. „Darf ich auch mal ziehen?“, fragte mein Stimmenimitator auf spanisch. Und schon konnte ich die nächste Frage stellen: „Wo kann ich zehn Gramm kaufen?“ Der Student verwies mich an Pablo, der im gleichen Restaurant an der Bar bediente. „Ich würde gern 20gr Mexican Pride kaufen?“ Er verstand meine Frage nicht und verbesserte mich, als ich sie wiederholte. Das heiße OME,

*Orgullo mexicano.* 20 Gramm könne er in einer halben Stunde besorgen. „Wieviel?" Das Gramm zu 4$. Oha, das war ja ein Preisverfall. Das würde 400.000$ für das Kilo bedeuten. Ob der Bürgermeier überhaupt wusste, wieviel mein Einsatz wert war. Dann fragte ich, ob er auch 100 gr besorgen könne.

Mein Wahlspruch: immer klein anfangen und an den Aufgaben wachsen, bis man das erreicht, wo andere niemals hinkommen. So etwas nennt man Beharrlichkeit. Die besonders die Banker in Liechtenstein und Luxemburg schätzen, sie können auf den Zinseszins ausrechnen, was ihnen es bringt, Briefkastenfirmen, die nichts produzieren, in der ganzen Welt zu platzieren, sondern nur still vor sich hinrosten.

*Tacos, tacos, tacos,* aber welche sollte ich probieren, *gobernador, de Bonito, cochinta pibil, mechada, pastor,* die Namen waren verlockend, speziell der letzte hätte mich aufs Fahrrad setzen können.

Pablo verwies mich an Juan, inzwischen fragte ich nach einem halben Kilo M. Und was das Größte war, der Preis sank pro Gramm zwar nur leicht, aber er sank. Je mehr ich haben wollte, desto billiger... Hätte ich mir auch denken können. Wenn man Milchbubis wie mich rechnen lässt. Die Treffpunkte wurden immer exquisiter. Vom Studentenklo zum Pissoir im Präsidentenpalast zur Edeltoilette im Nationalmuseum - zum Spitzenrestaurant. Was für ein Aufstieg.

Und dabei kaufte ich nicht ein Gramm, sondern spielte

nur mit den Erwartungen der Händler. Ab und zu ließ ich durchblicken, dass ich liquide genug wäre, um 1 Kilo direkt zu erwerben. Aber ich brauchte mehr, sehr viel mehr.

*Empanadas, Enchiladas, Fajitas Rancheras, Pollo en mole poblano,* Hähnchenbrust in Schokoladensauce. Wie gesagt, ich war überfordert. Habe mich immer mokiert über die an Speisekarten scheiternden Mitessern, aber nun war ich selbst...

„Entschuldigen Sie die Verspätung", sagte der kleine Mann, der an meinen Tisch trat, „ich hoffe, Sie haben noch nicht gewählt, denn in diesem Restaurant gibt es ganz ausgefallene Speisen für ganz ausgefallene Menschen. Und Sie gehören sicher dazu. Das sehe ich auf den ersten Blick."

Der Mann, auch Zwerge haben klein angefangen - offensichtlich mein Leitfaden in Mexico D.F. schnippte mit den Fingern. Schon kam ein Ober mit einem erhöhten Polsterstuhl und schob ihn ihm unter den Hintern. Augenhöhe. Immer gut fürs Geschäft.

Augenhöhe nennen die Menschen auf den Halligen, wenn ihnen das Wasser ausgeht oder zusetzt, irgendwas zwischen Ebbe oder Flut. Augenhöhe nennt der Schweizer das Maß, mit dem ein Dezi eingeschenkt wird, Berner Grundsatz: trink weniger, zahl mehr.

„Woher können Sie so gut Deutsch?" fragte ich, überrascht wie ein Tigerbaby.

„Ich habe in Deutschland studiert. Tübingen? Kennen

Sie?“ Und dann zitierte er einen Reimlinger, den ich so noch nie gehört hatte:

*Fichte, Bloch und Hegel, das ist bei uns die Regel.*
*Rilke, Jens und Hauff, die fall'n bei uns nicht auf.*

„Was haben Sie studiert?““

„BWL, Ökonomie, Politikwissenschaften, Rhetorik und und und...“ Er vollendete den Satz nicht, weil ich so total verdutzt dreinschaute.

Pedro Paz, so nannte er sich. Ich wagte es nicht, den Narco-Boss nach seinem richtigen Namen zu fragen. Er stamme aus der berühmten PAZ-Dynastie, in der gebe es ja sogar einen Nobelpreisträger. In jeder Familie schlägt einer aus der Art, dachte ich und schaute mein Gegenüber ein klein wenig herausfordernd an.

„Und wo kommen Sie her?“, fragte mich der Narco.

Ich nannte den Namen meiner geliebten Hansestadt und fügt wie immer hinzu, sie liege nur eine Stunde Zugfahrt von Hamburg entfernt. Weil die meisten unsere Stadt nicht kennen, sie ist ja nicht mal auf der Wetterkarte nach der Tagesschau eingetragen.

„Ich habe vor kurzem erfahren, dass Werder abgestiegen ist. Das tut mir leid. So eine sympathische Truppe. Schade. Ich verfolge über Sky immer alle Spiele. Mögen Sie Fußball?“

Wir fachsimpelten über verschossene Elfmeter, falsche Spielereinkäufe, schwache Trainerleistungen. Paz wusste mehr als ich.

Dann bestellte er, in sehr gedämpfter Tonlage, beim

Kellner lauter Gerichte, deren Namen ich noch nie gehört hatte. Ich hätte ein Tonband mitlaufen lassen müssen, um mich zu erinnern. Aber ich traute mich nicht es anzuschalten. Schließlich saß mir ein Narco-Oberboss gegenüber. Wenn der mitbekam, dass ich unsere Konversation mitschnitt, dann Gnade mir Popocatépetle.

Wir tranken Margaritas, obwohl ich lieber einen durchgezogen hätte, aßen uns durch sieben Gänge, sprachen über die Situation am Trump-Zaun im Norden und über die Lage der indigenen Bevölkerung in Chiapas, nahmen zum Nachtisch *Tarta de Lima* und *Trufas de Mezcal* zu uns und handelten noch mehrere Punkte auf der Tagesordnung der UNO ab.

„Sollten wir nicht...", begann ich einen Satz und spürte umgehend die Rechte von Pedro Paz auf meiner Linken.

„Nicht hier!" Er hüpfte von seinem Hochsitz und bedeutete mir ihm zu folgen.

Über eine Wendeltreppe ging es in einen Salon. Fünf Sterne reichten da nicht aus. Gehalten in gedämpftem Rotlicht. Schwere Kronleuchter, auf denen Kerzen entzündet waren. Auf dem Tisch Getränke aller Art. Auch der Mezcal mit dem Wurm darin war zu entdecken.

Zwei Männer nickten Pedro Paz zu, wir durften Platz nehmen. Sofort verschwanden die beiden von der Bildfläche. Als hätten sie sich in Luft aufgelöst.

„Sie wollen also eine größere Menge OME kaufen?" Die Frage schnellte hervor, kaum dass Paz sich wieder auf einen erhöhten Stuhl geschwungen hatte.

„Ja." Mehr bekam ich nicht heraus. Wo sollte ich einsetzen. 10 Kilo, 20 Kilo oder gar 50?

„Ich finde es gut, dass Sie gleich zu mir gekommen sind. Warum sich mit Kroppzeug abgeben. Deren Stoff ist überteuert und meistens gestreckt. Das merken Sie erst, wenn Sie wieder zuhause sind. Wir liefern saubere Ware, darauf können Sie sich verlassen. Wenn wir stabile Geschäftsbeziehungen aufbauen, dann kann das heute der Beginn einer langjährigen Zusammenarbeit werden. Mit ihrem Diplomatenpass sind Sie schonmal auf der sicheren Seite." Ich wollte nach 20 Kilo fragen, so viel wie ein großer Koffer wiegen darf. Oder doch vielleicht lieber 30 Kilo?

„Wieviel könnten Sie denn auf die Schnelle liefern?" Ich wollte bald zu einem Ergebnis kommen. Immerhin mussten die 400.000 Joints auch noch gedreht werden.

Ergebnisse nennt man in meinem Beruf entweder Leben oder Geld, Kopf ohne Zahl oder ein Leben ohne Kopf.

„Unbegrenzt. Sie können auch 100 Kilo haben, wenn Sie so viel zum Einstieg haben wollen."

Konnte Paz Gedanken lesen. Mir schwindelte. „100 Kilo, ja, also, ja, wohl, das hört sich gut an!", stotterte ich. Woher wusste Paz, dass ich über einen Diplomatenpass verfüge? Jetzt kannte er auch noch die Höhe des angestrebten Marihuana-Deals.

Paz nahm einen kleinen Zettel aus der Brusttasche, schrieb eine Zahl drauf und reichte ihn mir rüber, nachdem er ihn mit einem schwungvollen Kürzel unterschrieben hatte.

„100 Kilo für 200.000$. PP“

Ich konnte es nicht fassen. Statt 1 Mio nun 200.000 $., Mann muss eben immer zur Quelle gehen, um sauberes Wasser trinken zu können.

„Und wieviel könnte ich gleich zu diesem Preis...“

Pedro Paz legte den Finger an die Lippen. „Sie werden nicht ein Gramm mitnehmen, viel zu gefährlich. Den Transport übernehmen wir, der ist im Preis inkludiert. Zu wann brauchen Sie die Ware?“

„Noch vor Weihnachten, lieber am 1.Advent,“

„Süß“, flötete Paz, „ganz süß. Als Geschenk unterm Weihnachtsbaum.“

„So in etwa.“ Ich machte einen mutigen Schritt nach vorne und berichtete ihm von dem Plan jeder Covid-Maske einen Joint beizulegen, um die Stimmung in der Hansestadt aufzuhellen. Schließlich waren wir in der fünften, nein sechsten Welle untergegangen.

Paz lachte wie nur Zwerge lachen können.

Ich nutzte das gute Einverständnis und fragte, wie der Transport vonstattengehen solle.

„Zug um Zug.“

„Aha“, hätte ich mir denken können.

„Wir machen es auf die religiöse Weise.“

„Wie geht die?“

„Keine Details, aber so viel kann ich sagen: unsere Transporteure sind gute Katholiken, in Ornat und mit Krummstab, sie haben Erfahrung. Seit Jahren, wenn nicht seit Jahrhunderten. Auch die Kurie in Roma braucht jährlich mehrere hundert Kilo."

Die Katholiken, mal wieder. Dass die in ihren Klöstern, Sakristeien, Beichtstühlen mal einen durchzogen, stand außer Frage. Aber dass sie auch auf den Transport von großen Mengen... immerhin waren das 5 große Reisekoffer, die für uns transportiert werden mussten.

Das letzte, was ich über diese Bande gelesen hatte, stammte von einem FB-Freund, der schrieb angesichts der hunderttausend Fälle in der katholischen Kirche von Kindesmissbrauch in Frankreich: „Ich will keine Entschuldigungen mehr hören. Ich will, dass denen die Türen eingetreten werden und sie einzelnen vor den Kadi kommen und rechtmäßig verurteilt im Knast landen."

„Sie werden ab sofort einen Schatten haben, der Sie bis zu ihrem Abflug abschirmt, damit Ihnen nichts zustößt", Paz lächelte wie Marlon Brando einst im ‚Paten', „einen Tag nach ihrem Abflug bekommen Sie die erste Charge geliefert. Sagen wir 20 Kilo OME. *D'acuerdo?*"

Zug um Zug, so hieß das Geschäft also. Wir tauschten Adressen aus. Tranken einen Mezcal auf Ex und aßen den Wurm, igitt.

Ich hatte nichts in Händen, als ich abreiste, außer den kleinen Zettel mit dem Angebot von PP.

## 19

*Ich bin draußen.*

*Heißt was?*

*You can count me out.*

*Stammt von John Lennon. Revolution number nine.*

*Wie willst du aussteigen?*

*Ich verlasse diese Geschichte, weil sie mir zu dämlich ist.*

*Danke für die Blumen.*

*Jedem sein eigener Joint, das ist doch Quatsch.*

*Wieso? Jedermann sein eigener Fußball, war mal der Name einer DADA-Zeitschrift von Wieland Herzfelde.*

*Das hilft dir jetzt auch nicht mehr.*

*Einen Jux wollt er sich machen.*

*Nestroy. Das soll eine Rettung sein.*

*Ich dachte, der Einfall, dass zu Weihnachten...*

*Billig. Äußerst billig. Hast auch schon bessere Einfälle gehabt.*

*Danke für die Blumen.*

*Was ich sagen will: Die Welt steht in Flammen, Putin lässt die Ukraine überfallen, Tausende Tote, Millionen Flüchtlinge, Klimakrise, Hurrikane, Brände weltweit, Überflutungen, Pandemie: Millionen Tote, Hungersnöte, das Mittelmeer ist ein Totenmeer, you name it, aber du schaukelst mich gemütlich von einer Banalität zur nächsten. Banal, banal, banal, wie Unterfranken nur ohne Weißbier.*

*Und was missfällt dir nun im Besonderen?*

*Das kann ich dir sagen: Ich würde niemals in so einer Situation auf banalen Eskapismus machen und mich ins Geschehen einmischen.*

*Und wo genau?*

*Das weiß ich noch nicht.*

*Sag wenigstens ein Beispiel.*

*Ich würde mich um die Flüchtlinge kümmern.*

*Dann tu es doch.*

*Aber du lässt mich ja nicht.*

*Wenn du mich so darum bittest. Ich könnte Dutzende Flüchtlinge in Lohn und Brot bringen, wenn sie die Joints rollen. Da wird jede Hand gebraucht.*

*Das wäre wenigstens ein Anfang.*

*Und ich dachte, du wolltest aus der Geschichte aussteigen.*

*Das werde ich auch.*

*Und wann?*

*Wann es mir passt und nicht dir. Fühle dich als Autor entlassen, abgeschafft, weggeschaufelt.*

## 20

An diesem Tag hielt der Kalender den eiskalten Atem an. Tagsüber minus 20, zur Nacht minus 25 Grad. Stromleitungen knallten wie Peitschenhiebe in der Manege. Die Wasserrohe hatten sich nach Grönland verabschiedet. Kein Mensch auf der Straße. Wie denn auch bei einer Eisschicht von anderthalb bis drei Metern Dicke. Die Heizungen probten Weihnachtsferien, während sich die Hausbesitzer im Süden sonnten.

Aus der Wärme Mexikos in die Eiseskälte. Temperaturunterschied: 50 Grad. Und dann auch noch die Vorwürfe Theos, der mich am Flughafen abholte und halblaut fragte, wieviel Stoff ich dabeihabe. Erst war mein Assistent überwältigt und freudig erregt, mich im Ganzen wieder zu sehen, dann schimpfte er: „Du bist naiv, J.B. Jeden Tag, was sag ich, jede Stunde fragen mich die Senatorinnen und auch der Bürgermeier, wann du endlich mit der Ware rüberkommst."

Im Taxi hielt ich Theo den Mund zu und zeigte ihm den weißen Tardan-Borsalino, den ich kurz vor dem Abschied von Pedro Paz geschenkt bekommen hatte.

„Wer ist Pedro Paz?"

Ich zeigte mit dem Daumen nach oben. Sagte aber kein Wort. Wollte meinen Assistenten schmoren lassen.

Im Rathaus angekommen reichte mir der Zerberus die pelzbesetzte Pfote. Der Hund sah aus wie ein Eskimo mit seiner Fellmütze und dem dicken Wintermantel. Ich fragte nach einem Koffer. „Ist da etwas abgegeben worden?" Der Pförtner verneinte. „Erwarten Sie etwas Bestimmtes?" Ich musste Theo niederfunkeln, der hätte glatt was verraten...

Im Büro erwarteten mich die beiden Senatorinnen, die in Theos Abwesenheit sich an den Joints bedienten, die im Aschenbecher schmurgelten.

„Haben Sie den Shit?", fragte die eine.

„Wie viele Kilos konnten Sie erwerben?"

„Was kostet es unsere Haushaltskasse?

„Wann können wir mit dem Drehen beginnen?"

Ich musste einen Lachanfall von galaktischem Ausmaß unterdrücken. Als würden die Beiden auch nur einen Joint für die geplante Weihnachtsaktion bauen.

„Nun reden Sie schon!", sagte die eine, als würde sie in einem Mafia-Film eine schwache Nebenrolle spielen.

„Was verheimlichen Sie uns?" Die Inquisition auf Rädern, allerdings ein bisschen dicker, die Senatorin Luxuria, vulgo: für die Sorglosigkeit.

„Geben Sie zu, dass Sie nichts erreicht haben."

„Stehen wir mit leeren Händen..."

Der Erste Bürger kam hereingestürmt.

„Gott sei Dank, Herr Cool. Sie sind heil von diesem Todeskommando zurück. Aber wir haben Sie immer auf dem Schirm gehabt."

„Sie auch?" Hatte gar nicht gemerkt, dass ich von offizieller Seite beschattet wurde. Von manchen dieser Observationen wird man wohl nie erfahren. Google, WhatsApp, Twitter, Tinder, Trallafitti sei Dank.

„Glauben Sie, wir lassen auch nur einen unserer Mitarbeiter in so eine Mission ohne Observation gehen?"

Ich hatte ja auch von dieser Beschattung durch die Narcos nichts bemerkt. Seltsam, seltsam.

„Wo ist die Ware?", fragte der Bürgermeier. Seine Frage hatte eine gewisse Schärfe angenommen, mit der früher Soleier imprägniert wurden.

„Die kommt separat“, erwiderte ich stolz wie der Brocken, der in den letzten Tagen unter Schneemassen zusammengebrochen sein soll.

„Was ist aus unserem Handgeld geworden?“ Ach ja, ich hätte ja Quittungen mitbringen sollen. Verdammt.

„Meinen Sie die 10.000 Emmen?“ So fragen nur Kinder im Alter von 6 bis 7 den gesamten Familienvorrat an Süßkram aufgefuttert haben.

Ich sah Theo an, der beäugte den Bürgermeier, der blickte auf die beiden Senatorinnen, die sahen aus dem Fenster.

Ich setzte bei Pablo an, erwähnte Juan und kam letztlich zu Pedro. Aber den kleinen Zettel zeigte ich ihnen nicht. Das hätte sie nur beunruhigt.

„Ist dieser Paz aus der berühmten Dynastie, aus der auch Octavio Paz stammt?“, fragte der Bürgermeier.

„Genauso ist es.“

„Und dem haben Sie unser Geld so mir nichts dir nichts rübergeschoben und dafür ein paar Krümel Shit erworben, wahrscheinlich nur zum eigenen Verbrauch. Die Hansestadt kann in die Tonne schauen. Glauben Sie wirklich...“, wütete er, als die Tür aufging.

„Post für Sie, Mr. Cool“, sagte der Zerberus und schob einen bischofsroten, feinen Lederkoffer in unser Büro.

Gutes Timing, was?

Wenn es etwas gibt, mit dem man andere beeindrucken, was sag ich überwältigen kann, dann dieses: TIMING. Alles andere ist nachgeordnet. 2. Wahl, obsolet, hin- und herfällig.

Allgemeines Aufatmen. Was sag ich: Jubel der Windstärke 8.

Halleluja, Halleluja. Händels Version war nichts dagegen.

Frohlocket und jauchzet.

Bach, immer wieder Bach.

Auch der Pilgerchor vom ollen Richy hätte hierher gepasst.

„Voila!", flötete ich, als hätte ich gerade einen Elefanten aus dem Raum gezaubert.

Ich öffnete die Schnallen und sah, dass der Inhalt aus lauter Lumpen bestand, reif für die Altkleidersammlung.

„Das sind Lumpen", rief der Bürgermeier, „ich wusste es doch, das sind alles Lumpen diese Drogenbosse. Hatten Sie tatsächlich etwas anderes von denen erwartet, Herr Cool? Sie haben sich reinlegen lassen. Ist Scheiße gelaufen, geben Sie es zu." Er holte tief Luft, um seine Wut zu verschlucken. „Auch wenn ihr Señor Paz aus der Familie des Nobelpreisträgers stammt." (In diesem Augenblick fiel mir der Schriftsteller ein, dem die Figuren wegliefen und der auf diese höchste literarische Auszeichnung spinxte... Stopp, das gehört jetzt nicht daher.)

„Abwarten", antwortete ich kleinlaut.

Simsalabum.

Ich hob das erste Kilo M., in ein graues Leinensäckchen verpackt, aus dem Koffer. Total geruchsfrei getarnt. Mehrere Lagen Plastik verschnürten die Kiloplatte M. In

Lumpen gehüllt.

Ich forderte die Senatorinnen auf, mir eine Waage zu besorgen.

Nach und nach schichteten wir die Platten aufeinander. Der ganze Raum füllte sich mit dem Geruch von OME, *orgullo mexicano*, wie ich die anderen belehrte. Man konnte in diesem Raum high werden, ohne einen einzigen Zug genommen zu haben.

Exakt 20 Kilo. Aufs Gramm genau.

Zwischen den Lumpen lag ein Zettel. „20 kg zu 40,000$. Barzahlung sofort und ohne Abzug in diesem Koffer. PP."

„Das ist alles?", fragte die Senatorin für das dauerhafte Glück.

Der Erste Bürger brach ein kleines Stück von dem schwarzen M. ab, rieb es zwischen seinen Händen, bis es warm wurde, schnüffelte daran, verzog - ganz der Genießer - die politische Miene. „Erste Sahne! Toll, Mr. Cool. Aber das wird nicht reichen."

„Ach ja", loriote ich. Ich ließ das Quartett der Ahnungslosen noch ein bisschen rätseln. Nur bröckchenweise berichtete ich ihnen von dem Deal und kam dann zum Höhepunkt.

„Macht summa summarum eine Ersparnis von 800.000 $ oder €, was ja fast dasselbe ist."

„Wie bitte?" keuchte der Erste Bürger.

„Wenn wir den Stoff in Amsterdam besorgt hätten..." Ich unterbrach meine Ausführungen, um das Rechenbeispiel sacken zu lassen.

Drei nickten andächtig. Nur Theo musste ich die Sache nochmal vorrechnen, bis er auch ins Nicken geriet.

„Sobald wir die erste Rate bezahlt haben, wird der nächste Bischofskoffer auf den Weg gebracht. Zug um Zug. Bis wir die gewünschten 100 Kilo erreicht haben."

„Genial", sagte der Erste Bürger, der darauf drang, OME sofort auszuprobieren. *„The taste is the proof of the pudding."*

Wie oft haben wir als Hauptspeise an einem gemütlichen Kiff-Abend Vanillepudding mit Kirschen, Schokoladeneis oder Marzipanstrudel gegessen. High schmeckt alles doppelt gut. Selbst saure Drops.

## 21

Das Foto ging schnell viral. Ein bartloser Mann in Lumpen gekleidet sitzt in den Rathausarkaden und löffelt eine große Schale mit Vanillepudding. (Ohne Kirschen.) Ab und zu legt ihm jemand ein paar Cent neben die Mütze. (Nebbe der Kapp, wie der Hesse sagt.) Sonst nimmt niemand Notiz von ihm. Bis jemand, und das ist gut in dem Video zu verstehen, ausruft: „Das ist doch unser Bürgermeier!" Versonnen lächelt der in die Kamera und lallt wenige unverständliche Worte.

Als ich das sah, bekam ich einen solchen Schreck, dass mir das Streichholz aus der Hand fiel. Die lokale Zeitung spottete: Bürgermeier entführt sich selbst. Die Medien sprangen auf die Story wie auf einen geilen Gaul. Der Bürgermeier brauchte einen ganzen Tag für ein Statement. Warum, weshalb, wieso? Und dass er jetzt wieder an Bord sei und eine saftige Überraschung bereithalte. Ich ahnte schon, worauf das hinauslief.

1.Ausrede: die Scheinentführung sei die Vorbereitung auf eine größere Aktion gewesen. Hier ein Feuerchen anzünden, alle schauen dahin, damit in Ruhe etwas Großes geplant und durchführt werden kann.

2. Ausrede: die Scheinentführung sei dazu dagewesen, einer wirklichen Entführung zuvorzukommen. Es lägen der Senatskanzlei eindeutige Schreiben vor, die darauf verwiesen. Nein, momentan könne er diese Schreiben nicht freigeben, weil sie unter Verschluss beim Verfassungsschutz lagen.

Dann gab es noch weitere Ausflüchte, die niemand glaubte. Mit jedem Satz ritt sich der Bürgermeier weiter in sumpfiges Gelände.

Immer dann, wenn Politiker herumeiern, möchte man gerne wissen, was sie tatsächlich ausbrüten. Meistens sind es kleine Osterhasen aus Schokolade oder Heftzwecken.

Theo fragte mich, ob wir nun bald das Büro wieder räumen müssten.

„Nicht so depri, J.B.", erwiderte ich, „noch rollen wir Joints."

Inzwischen waren 4 bischofsrote Koffer eingetroffen. Zug um Zug. Wie mit Pedro verabredet. Hätte nicht besser klappen können. Frei Haus Lieferung. Da sollte sich

Lieferando mal ein Beispiel...

Die Tabakfabrik, in der die leeren Zigarettenhüllen gefüllt werden sollten, erwies sich als Flop. Nur zwei der drei Maschinen funktionierten noch. Stückzahl pro Minute und Maschine: 5. Bei 400.000 Joints würde das wie lange dauern, Theo? Mein rechenschwacher Assistent kam auf 35 Tage. (Bitte nochmal genau nachrechnen, denn die Zahl stimmt nicht.,)

Wir würden etwa zu Neujahr mit der Arbeit fertig sein. Denn, und das war Pferdefuß der ganzen Aktion: Die Joints mussten an der Spitze eingedreht werden, damit das gute Material (Tabak und M.) nicht herausfiel. Dafür gab es keine Maschinen. Das sollten die Handarbeiter machen, z.B. geflüchtete Ukrainerinnen und Ukrainer.

„J.B. hast du nicht was übersehen?", hatte mich Theo gefragt, bevor die Handarbeit losging.

„Was denn?"

„Na, das Wichtigste?"

„Was sollte das sein?"

„Überleg doch mal!"

Wenn Theo so anfing, konnte mich das ganz wuschig machen.

„Nun sag schon, wir haben nicht bis Weihnachten Zeit."

Theo Zenker lachte sich ins Fäustchen. Offensichtlich beglückt, dass er mich bei einer Fehlplanung erwischt hatte.

Fehlplanung nennen die Engländer, Johnson oder auch

Boris, die Franzosen meinen, Fehlplanung sei ein Getränk aus des Satans Küche, und die Finnen nennen es ganz einfach: väärin suunnittelua.

„Wer soll bitte die Kilos in Brösel verwandeln, damit sie überhaupt mit dem Tabak in die Hüllen gestopft werden können."

Peng!! Spiel, Satz und Sieg, Theo.

In diesem Moment stürmte der Erste Bürger herein. „Wir müssen die Aktion Joint vorziehen. Nikolaus gehen wir an den Start. Hopp, hopp."

Ich wusste genau, was hinter Vorverlegung steckte. Die nächste Ausrede nahte und drohend.

„Wir haben noch nicht alle Kilos zusammen!", erwiderte ich. „Es fehlt die letzte Lieferung."

„Ihr Problem", schnarrte er.

„Die Tabakmaschinen laufen entweder gar nicht oder zu langsam. Fast wie bei der Bundeswehr", versuchte ich einen aufmunternden Scherz.

„Ihr Problem", bekamen wir zu hören.

„Zunächst müssen die Kiloplatten erwärmt und in feine Brösel zerlegt werden, damit wir..." warf Theo ein.

„Ihr Problem", unterbrach der Bürgermeier meinen Assistenten. So hatte ich ihn noch nie erlebt. So Schnarrer, so Barscher, so total unbekifft.

„Bevor ich es vergesse, die letzte Lieferung wird wohl nicht kommen", sagte der Bürgermeier beiläufig wie ein Straßenköter.

„Woher wissen Sie das?" fragten Theo und ich unisono.

„Wir haben den vierten Koffer mit gefälschten Dollars bezahlt. Das wird denen wohl aufgefallen sein."

„Na bravo", rief ich aus. „Dann kann ich mich ja auf was gefasst machen!"

„Was denn?", wollte Theo wissen.

„Glaubt jemand von euch beiden Flitzpiepen, die lassen sich so billig reinlegen."

„Die sind in Mexiko!", warf der Bürgermeier ein. „Weit weg!"

„Ach ja." Mehr brachte ich nicht heraus.

Der Bürgermeier sagte zu seiner Verteidigung, er habe mit dem Bundesamt für Falschgeldproduktion vereinbart 2x 40.000$ drucken zu lassen, um die für einen guten Zweck..."

„Der gute Zweck ist mein Kopf", schrie ich ihn an.

„Nun übertreiben Sie nicht, Herr Kohl. Sie bekommen zwei Bodyguards an die Seite. Bis die Sache ausgestanden ist."

„Sie meinen, bis ich tot bin."

„Na, na. Machen Sie ihren Job und wir machen unseren."

„50,000 bis 60.000 Joints weniger, reduziert auch unsere Gage."

„Ihr Problem", sagte der Bürgermeier und verließ den Raum, nicht ohne sich wieder ein Stück Marihuana von einer Platte abgebrochen zu haben. Ad usum proprium. Er wird schon jemanden finden, der ihm daraus eine Tüte dreht.

3.Ausrede: Die Scheinentführung diente dazu, ihn für einige Zeit von der Bildfläche verschwinden zu lassen, um dann seine Aktion: Am Ohr des Volkes lauschen, sich unter die breite Masse begeben, Sorgen und Wünsche von Herrn Kleinermann und Frau Lauterstark anzuhören. Dass er so schnell enttarnt worden sei...

Als er diese letzte Ausrede auf den Weg gebracht hatte, war erst mal Ruhe im Karton. Die beiden Senatorinnen, Trägheit und Wollust, aber auch der Neid, Hochmut und Habgier stimmten ihren Chef nieder. Nur der Zorn und die Völlerei hielten noch zu ihm.

Wir konnten in Ruhe, Joints bauen lassen. Durch die Reduktion der Menge war tatsächlich der Weihnachtstermin zu schaffen. Wenngleich wir eine Prioritätenliste aufstellen mussten. Keine Joints an unter 18jährige, Krankenhauspersonal und Pflegekräfte besonders bedenken, vulnerable Personen nicht übersehen, aber auch nicht bevorzugen.

Vulnerable Personen müssen in Griechenland das Orakel von Delphi erleiden und in der Türkei den Präsidenten, der sich häufiger mit devoten Ziegen umgeben soll. In Finnland nennt man diese Gruppe, ach, das wollen Sie gar nicht wissen.

# 22

*Jetzt bin ich aber gespannt.*

*Bist du aus dem Limbus erwacht?*

*War gar nicht drin.*

*Ich dachte, du hättest dich aus dem Rennen geworfen.*

*Was?*

*Aus dem Text verabschiedet. Dem einen Autor laufen die Figuren weg, mir droht der Aufstand meiner Hauptperson.*

*Wäre das so schlimm? Als ob du dir von mir reinreden lassen würdest.*

*Sag mal was Konstruktives.*

*Zum Beispiel, ob 2 und 2 immer noch 4 ist oder sich alles verschoben hat. Ich möchte nur wissen, wie du die Geschichte ausgehen lässt?*

*Ich dachte, du bist draußen.*

*Nicht so ganz.*

*Was heißt das?*

*Na ja, von der Seite gesehen eben.*

*Aber wenn du doch gar keine Rolle mehr spielen willst.*

*In diesen lausigen Zeiten...*

*Wo selbst ein Gespräch über Bäume... und warum bist du gespannt?*

*Will nur wissen, ob du dich traust, ein happy End zu zaubern...*

*Hast du einen Vorschlag?*

*An Weihnachten, alle bekifft, zugedröhnt, und währenddessen Millionen Flüchtlinge, 100.000 Tote und du...*

*Also doch der moralische Vorschlaghammer...Was ist gegen Eskapismus zu sagen? Mal kurz aussteigen, man braucht auch diese Freiheit...*

*Keine Frage. Selbst bei Goethe heißt es in den Wahlverwandtschaften: „Man weicht der Welt nicht sicherer aus als durch die Kunst, und man verknüpft sich nicht sicherer mit ihr als durch die Kunst."*

*Du verblüffst mich immer wieder. Hast du im Limbus Kunst getankt?*

*Wie lange willst du ausweichen?*

*Wie meinst du das?*

*Ich spüre doch, dass du die entscheidende Frage umschiffst wie ein U-Boot in der Stratosphäre.*

*Willst du mich an die Kette legen?*

*Keineswegs. Du kannst schreiben, was du willst. Wäre ja nicht das erste Mal in deinem Leben, dass du in der Zwickmühle zwischen Pflicht und Neigung zermahlen worden bist.*

*Das war etwas anderes. Wie hat John Lennon gesungen: „whatever gets you thru the night, it's alright"*

*Viel Spaß beim Schreiben des letzten Kapitels.*

*Danke, J.B., danke für all die Jahre. Und auch, dass du mir freie Hand lässt.*

*Da nich für.*

# 23

## Finale 1

Heiliger Abend, heiliger Bimbam, so ein Weihnachtsfest hat die Hansestadt noch nicht gesehen. Tanz auf allen Plätzen.

Der letzte Koffer aus Mexiko kam noch rechtzeitig an. Wir brauchten nicht mal die Prioritätenliste zu beachten. Ab 18 war alles frei. Beifall in den Altersheimen. Betreutes Wohnen leicht bedröhnt. Ein ganz neues Feeling vom Gefühl her. Auch in den Knästen (Krieg den Palästen) Adveniat, Adveniat.

Auf dem Marktplatz hatte jemand 20 Eimer mit Sand ausgestreut und einen Strand gebaut. Schon sprangen die ersten ins Wasser, kraulten los, bespritzten sich mit Luftwellen. Vorne das Meer und hinten die Alpen, Mustermanns Lieblingsidee für gelungenen Urlaub.

Kleine Tanzgruppen übten Samba, Tango, Rumba. *Besame mucho.* Sogar Foxtrott und Walzer waren im Angebot. Manche kamen im passenden Tanzdress, andere zogen vornehme Kledage an, wieder andere schwangen Hulahoop-Reifen. Ein Gewusele, alles ohne Tannenbäume. Eine Kuh mit Lametta galoppierte über den Platz.

Das ist ja episkopal, rief eine helle Stimme.

Theo und ich standen auf dem Balkon des Rathauses und schauten dem bunten Treiben zu. Das hätte auch

Eckermann und Goethe gefallen. Befreit vom Eise sind Menschen und Tiere...

Die Läden *„Smoke it“* und *„Legalize it“* sorgten für weiteres Dope, das sie bereitwillig verschenkten. An diesem Tag sollte niemand unbeschenkt bleiben.

Am Weihnachtsmorgen fand jeder und jede im Briefkasten eine kleine Sendung vor: Maske und Joint. Jeder und jede. Und ein kleines Briefchen von der opolitischen Oberleitung: Fröhliche Weihnachten allen Gutwilligen und Frieden auf Erden.

Erster Anruf bei der Drogenberatung: „Was können wir mit dem Joint anfangen?“ Bereitwillig wurde den Anrufern geholfen. „Kann man davon abhängig werden?“ Nein, nein, so eine Dosis macht Sie nur für ein paar Stunden fröhlich. Obwohl das mit der Dosis, na ja.

„Dass so eine kleine Dröhnung so einen großen Effekt haben könnte. Wer hätte das gedacht“, sagte Theo, begeistert von dem Geschehen auf den Marktplatz. „Ist ja auch der beste Stoff der Welt, OME. Da hat sich der Senat nicht lumpen lassen“, erwiderte ich. Nüchterner als eine Polizeimütze. Ich wollte ja nichts verpassen. Einen durchziehen konnte ich auch noch am Abend. Am Kamin. Wenn ich zusammen mit dem Hundeflüsterer über das Weltgeschehen philosierte.

Schon gegen 11 Uhr 11 war die Stimmung auf einem ersten Höhepunkt angekommen. *2000 light years from home.* Aus allen Stadtteilen tönten Lautsprecher mit Rock und Techno und House und Punk und Heavy metal und

und und...

Der Kirchenchor war komplett angetreten und sang: *Everybody must get stoned.* Den alten Bob Dylan Klassiker. Ein Kanon, der niemals enden sollte. (Hörst du die Melodie, Theo?)

Die Senatorinnen, die diesen famosen Plan hatten, gesellten sich zu meinem Assistenten und mir, forderten uns zum Mittanzen auf. „Wir hatten die Idee, Sie haben Sie realisiert. Wir können ihnen nicht genügend danken. *Mille grazie!*" Dann verließen sie unseren balkonesken Beobachtungsposten, um sich mit den Frauen für Freiheit und Glücksgefühle zu vereinen.

„Das ist episkopal", rief eine baritonische Stimme.

Aus der Handelskammer strömten Heerscharen von Bedenkenträgern, denen man die Krawatten abgeschnitten hatte. Im Zweiertakt hüpften sie herum, mal links, mal rechts. Und dann ein Hopser, der sogar einem Oberhasen gut gefallen hätte.

Immer mal der Gedankenblitz: ob mich Pedro Paz noch auf seiner Abschussliste hatte? Nachdem auch die fünfte Lieferung mit echten *greenbacks* bezahlt worden war, hoffte ich auf Schonung. Jedenfalls gab ich die Beschützung der Body-Gards auf.

Abschusslisten nennen die Franzosen alles, was jenseits von Camembert liegt. Engländer beziehen die Abschusslisten auf die Eiserne Lady, die dafür gesorgt hatte, dass alles Staatliche ins Private überführt wurde und dann zusammenbrach. Peng.

Der Bürgermeier ließ ausrichten, dass man im Senat darüber nachdenke, uns eine Festanstellung anzubieten. Wer sonst habe in der Hansestadt je Derartiges für die gute Stimmung geleistet. Zumindest sollte der oberste Orden herausspringen: Für den tierischen Spaß. Auch wenn gute Hansestädter immer Orden und Ehrenzeichen abgelehnt hatten. (Jedenfalls die meisten hielten sich daran, andere sackten Ruhm und Ehre ein und gaben Banketts in den heiligen Hallen... ich schweife ab.)

Mittags läuteten sämtliche Kirchenglocken. Ausgelassen bimmelten die kleinen Kirchen, tief dröhnten die Dome. Das Glockenspiel in der Böttchergasse spielte einen Song von den Beatles: *Lucy in the sky with diamonds.*

Als die Schützenbrüder, ganz in Nackt mit einem Lendenschurz, in Kompagnie-Stärke anrückten, zogen Theo und ich uns in unser Büro zurück. Deren Marschmusik machte mir Ohrenschmerzen.

Am Morgen hatte ich einen Verschreiber der Extra-Klasse gelesen: Unter jedem Satz eine Schwimmweste. Dann flog auch ich von dannen.

Na also, geht doch.

## Finale 2

Ich sah, wie die 9mm-Patrone den Lauf verließ, vorbeiflog an der Schreibtischlampe, die stählerne Arbeitsplatte überquerte, durch das Stehregal schoss, auf dem die Proben aller M-Sorten der Welt lagen und mich an der rechten

Schulter traf. Sofort verfärbte sich mein weißes Nyltest-Hemd rot. Volltreffer.

Theo hatte abgedrückt.

„Musste das sein?"

„Musste."

„Das tut weh!", schrie ich.

„Muss weh tun!"

Die beiden mexikanischen Bischöfe schauten sich puzzled an. Vollkommen geflasht.

Die Würdenträger im Ornat waren vor einer Viertelstunde mit dem fünften Koffer direkt in unser Büro gekommen. Erst freundlich, dann fordernd, dann drohend. Sie hatten nicht nur die Ware dabei, sondern auch den Vertrag, nachdem wir verpflichtet waren, jeden Monat 100 Kilo abzunehmen. Zu einem nochmal verringerten Preis. 100 Kilo zu 190000 $.

„Das muss ein Missverständnis sein", sagte ich, während die beiden Kirchendealer ihre Peacemakers auf mich richteten.

„Das ist kein Missverständnis, das ist der Deal. Falls du nicht darauf eingehst, Gringo, lassen wir unsere Wummen sprechen." (Woher sie so gut deutsch sprachen, muss noch geklärt werden. Vielleicht haben sie ein Priesterseminar in Maria Laach besucht oder so...)

„Es war eine einmalige Aktion. Was anderes habe ich nie mit Pedro Paz vereinbart."

„Der ist tot!", sagte der kleine Bischof.

„Ganz tot!", kicherte der größere.

Wie die beiden unbehelligt in unser Büro kommen konnten, vorbei an Zerberus, keine Ahnung. Hatten die Body-Gards gepennt?

„Dann hab ich keinen Deal mit Mexiko!", versuchte ich das Gespräch in Gang zu halten, an dessen Ende mein Ableben stehen würde.

Ableben ist die modernste Form des Hinscheidens, sagen die Holländer, die mit Holzschuhen einen Totentanz aufführen. Und der Belgier gibt zu bedenken, dass Ableben immer etwas Finales hat. (Passt also zu diesem Schluss.) Ich hingegen halte Ableben für eine üble Sache, es sei denn man ist so depressiv wie der Schriftsteller, dem die Figuren weggelaufen sind. Oder der Katastrophler, der mein Büro unter Wasser geheult hat.

„Du hast die Wahl", der jüngere Bischof gab einen Schuss ab. Der sauste haarscharf an meinem Kopf vorbei und zertrümmerte die Butzenscheiben.

„Wir brauchen nur deine Unterschrift!" Der ältere der beiden reichte mir den Vertrag. 1000 Paragrafen und eine unverhüllte Warnung.

Theo hatte sich stickum in seine Kochkombüse begeben, um sich zu munitionieren. Focus, so heißt das Verfahren, das wir in so einer Notlage anwenden. (Wer den gleichnamigen Film gesehen hat, weiß, wovon ich spreche. Wer nicht, sollte das dringend nachholen. Vielleicht kann man es selbst mal gebrauchen. Zum Beispiel bei einem Showdown. Im Film „Der Clou" wird auch Focus angewandt.)

Die Luft wurde dünner. Trotz des Loches in der Fensterscheibe. Hopp oder topp, die Wette gilt.

Theo hatte abgedrückt. Zu meinen Ungunsten...

Die Mexikaner gaben Fersengeld. Um als erster durch die Tür zu flüchten, rumpelten sie dergestalt aneinander, dass sie noch im Türrahmen zu Boden gingen. Die maskierten Katholen bekamen eine Abreibung meiner Bodyguards, die im richtigen Moment von der Mittagspause zurückkamen. Zerberus biss sie in den Hintern. Erst dem einen, dann dem anderen.

Ich zog mein Nyltest-Hemd aus und besah mir die Wunde. Glatter Durchschuss, würde bestimmt wieder heilen. Es tat säuisch weh.

„Immerhin haben wir 40000 $ gespart!“, sagte ich zu Theo und hielt eine Mullbinde auf die Wunde.

„Wieso?“

„Na ja, wenn Pedro Paz tot ist, dann brauchen wir auch die letzte Lieferung zu bezahlen. Nicht mal mit den falschen Dollars.“

Es dauerte eine Weile, bis Theo begriff, was ich gesagt hatte. Dann antwortete er: „Und wenn es gelogen ist? Dealer sagen nicht immer die Wahrheit, J.B. Das solltest du wissen.“

## Finale 3

Die Senatsrunde war vollzählig erschienen. Alle Todsünden vorhanden, einige sogar fein gemacht. Der Erste Bürger im Stresemann. Mein Gott, das wäre für meine